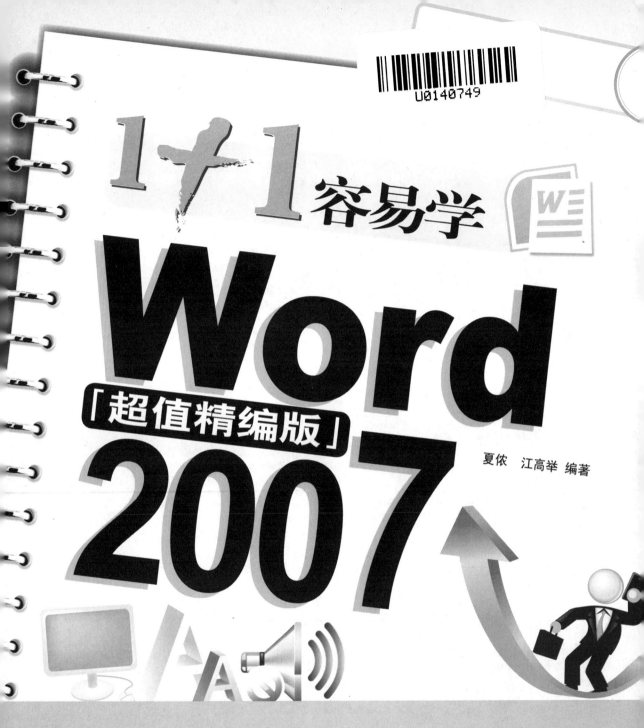

1+1 容易学

Word

「超值精编版」

2007

夏侬 江高举 编著

U0140749

Easy
for Word
2007

北京科海电子出版社
www.khp.com.cn

内 容 提 要

Office 2007是微软Office历史上最具创新与革命性的一个版本。全新设计的用户界面、稳定安全的文件格式、无缝高效的沟通协作、面向21世纪的功能设计，为高效、愉快的商务办公提供了可能。中文版Word 2007是Office 2007办公自动化套装软件中的文字处理软件。

本书全面介绍了Word 2007的新功能和面向实际的应用技巧，倡导快乐的学习过程，通过双栏式排版方法，将缤纷图例与文字叙述一一对应，引导读者迅速掌握Word 2007新界面的操作，并将软件功能和具体应用紧密结合。全书涵盖了文档的基本编辑、文件管理、字符和段落格式的设置，善用表格功能和图形对象来美化文档，设置并打印页面、设置文档的安全性等内容，以及Word 2007提供的样式和主题的套用。帮助您充分利用Word 2007提供的便利，迅速掌握使用Word 2007编排实用文档。配书光盘提供了书中所有范例文档以及多媒体教学资料。

本书内容丰富，结构清晰，具有很强的实用性和可操作性，适合办公文员和电脑初学者学习，也可作为各高等院校及社会培训班的培训教材。

声 明

《1+1 容易学 Word 2007》（含 1 视频教学 CD+1 配套手册）由北京科海电子出版社独家出版发行，本书为视频教学光盘的配套使用手册。未经出版者书面许可，任何单位和个人不得擅自摘抄、复制光盘和本书的部分或全部内容以任何方式进行传播。

1+1 容易学 Word 2007

夏侬　江高举　编著

责任编辑	何　武		封面设计	林陶
出版发行	北京科海电子出版社			
社　　址	北京市海淀区上地七街国际创业园 2 号楼 14 层		邮政编码	100085
电　　话	（010）82896594　62630320			
网　　址	http://www.khp.com.cn（科海出版服务网站）			
经　　销	新华书店			
印　　刷	北京科普瑞印刷有限责任公司			
规　　格	185 mm×260 mm　16 开本		版　　次	2009 年 10 月第 1 版
印　　张	19.5		印　　次	2009 年 10 月第 1 次印刷
字　　数	475 000		印　　数	1-5000
定　　价	23.00 元（含 1 视频教学 CD+1 配套手册）			

作者的话

　　Microsoft Office System 2007 已经从个人办公软件发展为全面整合的系统，它能够协助个人与企业处理更广泛的问题。现阶段的信息环境不仅是信息爆炸、环境变化快速、彼此竞争激烈，更要求个人或企业在处理事务时快速有效，决策时又要精准兼具执行力。因此，对于所有使用计算机来完成一般事务的人来说，除了自身要能迅速有效地处理事务外，还要能给部门内部提供一些解决方案，使得您所属的团队能够及时获得正确的信息。

　　现今的办公室中充满了各式各样的信息、文件、报表，您如何能在每一个工作时刻都做到掌控自如呢？善用 Microsoft Office 是一项必备的基础能力。在最近这一、二年内，不论是企业还是政府机构，已经将正确使用 Microsoft Office 当成是一项必备技能，主管部门不再安排特别的培训，而是要求员工在工作之余自我学习。因此，面对新一代的 Microsoft Office 2007，您也必须在最短的时间内加以了解和熟悉。

　　志凌信息·恩光技术团队具有 20 年 Microsoft Office 书籍的写作、授课与专题演讲经验，本年度再一次集合所有团队作者，完成了"1+1 容易学 Microsoft Office 2007"系列图书。我们期盼能够为所有希望自我学习的读者提供一套省钱、省时、省力的学习工具，让您能够在最短的时间内跟上信息世界的新潮流！

　　这些年来，忠实的读者们不断来信提出宝贵建议，也在不断地给予我们鼓励，让我们在写作计算机图书时不断鞭策自己不能懈怠，并自我要求出版更实用的图书，让所有华人世界的朋友共同分享！

　　承蒙整个顾问团队的通力合作，所有图书才能顺利完成，当然，也要感谢老朋友孙锦珍、陈淑芳、李毓卿小姐细心、耐心地完成排版，再加上金马奖导演黄华裕先生所绘制的精彩插画，本书才能以全新的面貌与读者见面。

　　任何一本书籍能够顺利上架，图书公司也扮演了相当重要的角色，感谢碁峯资讯所有同事，没有你们的辛劳，这本书就无法顺利出现在读者的面前。

　　最后，要诚挚地感谢所有的读者，您每购买一本书，对我们都是莫大的支持与鼓励，请继续给予鞭策与推荐，让我们所编著的图书更能满足您的需要，也让我们知道好书不会寂寞！

我们相信　1 种思路 +1 种努力 =1 条通往成功的捷径
　　　　　　　1 种引导 +1 种表达 =1 个豁然开朗的世界

志凌信息·恩光技术团队

2009 年于温哥华

我们相信 "1+1 容易学 Word 2007" 的读者是为了学习才会购买此书，但要怎样学习才能有效率又不会忘记呢？根据最新的认知科学、教育心理学及神经科学的研究显示，有趣的学习过程远比书上的文字内容更为重要，本书将带您进入一个**快乐的学习环境**，让您不用再边打瞌睡边勉强自己去死记任何一样东西。

A 节名：节标题非常明显。

B 节简介：介绍有关此节的内容大纲。

C 节图例：与此节内容有关的范例图片。

D 小节名：小节标题。

E 步骤指引：请按照数字顺序进行操作。

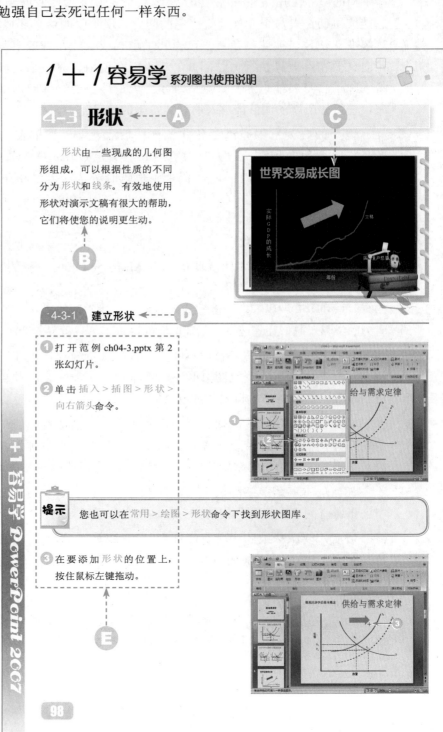

可视化是本书强调的一个重点。图像比单纯的文字叙述更能被我们的大脑吸收，并有助于加强记忆。我们将推翻一栏式的写作方法，改以双栏方式呈现，并将描述文字与图例摆在一起，这样每一个步骤都有个相对应的图例置于文字右边，一一对应，让您的大脑建立图像与文字的关联，更易阅读更易学习。

Chapter 04

演示文稿最佳配角（一）——图形对象

建立及打印讲义

演示文稿内容以讲义形式打印，已被广泛应用于教学，您可以将多张幻灯片打印在一页中，并且预先空出给观众做笔记的区域。单击 Office 按钮 > 打印 > 打印预览命令，进入打印预览窗口。

1 单击打印预览 > 页面设置 > 打印内容 > 讲义（每页 3 张幻灯片）命令。

- 页眉
- 页脚
- 页码
- 日期和时间

2 确认打印时的外观。

3 单击打印预览 > 打印 > 打印命令，即可将演示文稿印成讲义。

提示

讲义也有母版，如果您想更改讲义中页眉 > 页脚文本的格式、位置或大小，可以进入讲义母版中进行更改。

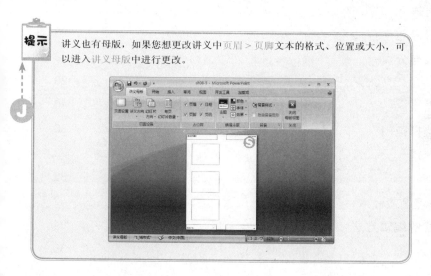

F 细项：小节的细项标题。

G 命令标示：分别为功能区选项卡 > 功能区组 > 您要的命令。

H 图例：范例图标配合步骤指引，让您更清楚找到需要的功能。

I 小项：与章节内容相关，但与步骤顺序无关的说明。

J 提示：本节相关补充内容。

K 页码：便于查阅。

目录 Content

目 录

Chapter 07　好用的表格　　　110

Chapter 08　图形对象的产生与编辑　132

Chapter 09　图形对象的格式处理　156

Chapter 10 页面配置与打印　178

Chapter 11 编辑长文档 207

Chapter 12　文档的审阅与安全设置　231

Chapter 13　文档的Web功能与邮件　249

Chapter 14　实用的小工具　　270

不可不知的 Word 2007

在全球用户的期盼中，Office 2007终于上市了！它以全新的面貌呈现在众人面前。这是继微软推出Windows 95系列后最重大的变革；所改变的不只是外观，也要颠覆您对操作环境的思维！所以，睁大您的双眼，集中您的注意力，赶快来感受一下令人叹为观止的Word 2007。

1-1 Word 2007的特色与新功能

时隔多年，"惊见"微软推出全新的 Office 系列！说"惊见"一点也不夸张，因为第一眼见到它，真的是又惊讶又惊喜。因为它与我们所熟悉的 Office 完全不同，不免担心，要花多少时间来重新熟悉它、查找已知的功能、探索新的领域。

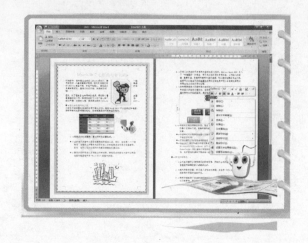

1-1-1 新功能与特色

如果您已是 Office 的"爱好者"，请先耐心看完笔者整理出来的以下 Word 2007 的新功能与特色，好以平静、坚定的心情来接纳全新的 Word 2007！

✂ 轻松且有效率地创建具有专业外观的文件

从前美化文件可能需要花很多时间，创作和创建文本内容反而花比较少的时间。使用 Word 2007 可以扭转这种局面，让用户有更多的时间专注在写作上，而少花些时间在排版及格式化上。这正是微软大力宣传的重点之一！

◆以"结果为导向"的用户界面：当需要某些工具时它们就会适时的出现，因此可以更快速地得到想要的结果。不用再费时从层层的菜单或是复杂的工具栏去查找要使用的命令和工具，正确的命令总会在需要时出现，而不需要的命令则不会显示。例如当插入一个表格后，与格式化表格有关的命令就会自动显示在画面中。

● 表格工具 关联式标签会自动显示

◆构建基块（封面页、页眉／脚、文本框等）的使用：只要以"单击"方式就可以加上常用的内容到文件中，省去重复创建这些信息的时间。

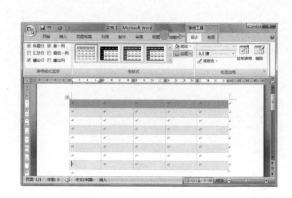

◎ 插入封面页构建基块

◆ Word 2007 提供了新的格式化功能，可以更快、更容易地创建出更专业、风格一致的文件。

＊ 使用 快速样式 和 主题 可以快速地套用新外观到文件中，实时的预览功能可以预览套用的结果，整体改变文件的文本外观、表格、图表和色系。

◎ 套用快速样式

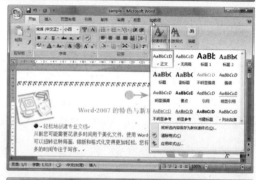

◎ 套用主题

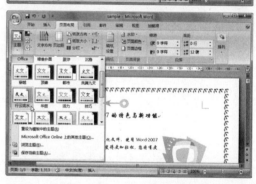

＊ 只要简单操作就可以产生专业品质的图形和图表，Office 2007 中的 SmartArt 图形和新的图示工具，可以在 Office 文件间（Word、Excel 或 PowerPoint）产生一致性的结果。以 3D 呈现透明及具有阴影的图形、图表的图示效果，创建更专业的高品质图表，让沟通更有效率。

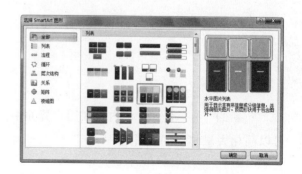

○ 改变形状样式

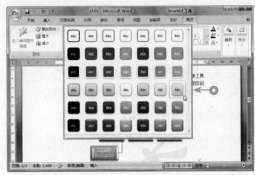

❋ 新的 公式编辑器 已内置在 Word 的用户界面中，对于经常要使用公式、写研究论文的人来说是一项很大的便利。不管是生成分数、积分或三角函数，都能通过"单击"和"插入"几个简单操作完成。

◆ 其他新特色：

❋ 新的即时文本统计功能，可以在产生文本时，反映字数的变化，因此不需再手动计算。

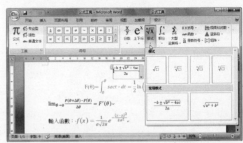

● 字数统计

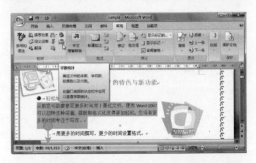

❋ 经过改良的 项目符号 与 编号 功能，可以减少设置准确文件格式的困难度。

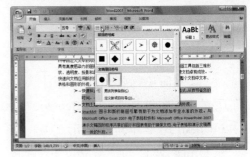

❋ 新的 合并邮件域 已内置在用户界面中，可以简化大量邮件的合并过程。

- 提供更好的印刷字体工具，可以改善文件的外观。

　Word 索引及引用创建器 ，可以自动管理及格式化文件中的索引及引用。

- 经改良的 拼写检查 系统，可以根据文章上下文的关系来做拼写检查，避免一些常犯的拼写错误及特殊字的误用。

更自信地分享文件

Word 2007 提供了更多新的功能和全新的体验，使文件更容易分享与查阅。

◆对许多公司而言，阅读文件、反复查阅及比较文件也许是既繁重义琐碎的过程，但是，无效的过程往往会降低效率。Word 2007 提供了新的查阅功能，可以更轻松、快速地使用工具来完成整个查阅与核定的流程。

- 新的 查看 面板具备三个窗格，有助于比较两份文件间做了哪些更改，包括删除、插入及移动，并将两份文件合并为最终的结果；再同时查看与比较这三份文件。

- 使用 Word 2007 和 SPS （SharePoint Server）2007 可以掌握文件查阅的程序，SPS 2007 中内置的 工作流程服务 ，使文件从开始创建、管理到跟踪文件的查阅和批核过程一气呵成，可加速组织流程的运作，不用再强迫员工学习新的工具来控制文件管理流程。

◆可以将文件转换为 PDF （Portable Dodument Format） 或 XPS（XML Paper Specification） 格式，让没有安装 Word 的人，或是使用不同操作系统的人，也可以浏览文件内容。

◆从 Word 2007 中可以直接发布文件到 Blog 中，而不用担心所发布的内容格式会丢掉、图片和表格会不完整。将 Word 直接链接到您的 Blog 网站，并使用 Word 丰富的资源来产生内容。

◆ **文档检查器** 功能可以移除批注、修订、数据记录等其他和文件有关的信息，让您从文件中移除不想要的信息，以防止隐私内容被分享。

◆以 **数字签名** 来确保当读者收到文件时，文件并未被他人拦截或编辑。

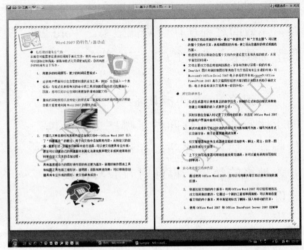

◆ **Word 2007** 的 **全屏阅读模式**，除了基本的工具外，所有的用户界面都会隐藏起来，可在不受干扰的情况下浏览完整、最终的文件内容。

✄ 其他

◆减少文件大小并改良错误的复原能力。默认的新文件格式为"*.docx"，XML 是经过压缩的格式，因此可以减少文件的容量，并使被破坏的文件能轻易的复原。

◆使文件与商业信息连接。可以创建动态的智能文件，当连接到后端的系统时，即可更新文件信息。

◆利用 **文件信息面板** 来跟踪文件。使用新的 **文件信息面板**，可以在文件中增加工作流程和跟踪信息，加上 SPS 及自定义的属性到文件模板中，可以在 Word 环境中扩充文件的管理功能。

◆以内嵌的宏快速侦测文件。Word 2007 使用".docm"格式来存储宏文件，让您很容易辨别文件是否能执行内嵌的宏。

✄ 基本需求

软件的使用界面越漂亮，配置的需求也就越高，还好目前硬件的发展速度一日千里，所需的升级费用也不似从前那样"天价"，对于一般的用户来说，花一点钱能得到更好的使用效率，还算是值得的投资啦！以下我们列出使用 Word（Office）2007 的硬件基本需求供参考。

操作系统	Windows XP（或 sp2 以上），Windows Server 2003
处理器	至少 500（MHz）、256（MB）RAM，DVD，至少 1GHz 和 512MB RAM 去执行 Outlook 2007
硬盘	2GB 空间作为安装用（安装后除原始文件，则有部分空间可以释放）
屏幕分辨率	至少 800×600，建议 1024×768
上网	宽带 128Kbit/s 作为下载及启用产品
额外需求	IE 6.0，Outlook 2007 的用户则需 Exchange Server 2000（以上）

　　前一版的 Office 2003 主要的发展重点在使用 XML，以搭建文件与重要信息间的沟通桥梁。Office 2007 更进一步延续此概念，与 Windows SharePoint Services 和 Office SharePoint Server 2007 整合，让可用的信息能被重新定义，这也使得工作任务更易简化。而"简化工作"一向就是 Office 操作系统的品质保证！经过前面的介绍，相信您对 Word 2007 在任何工作上所能带来的帮助有更深的体会，接下来就让我们更进一步地了解全新的 Word 2007 吧！

1-2 全新的使用界面

　　进入 Word 2007 后，会让您有"耳目一新"的感觉，舒适、柔和的颜色（默认为"蓝色"的颜色配置），加上专业、立体的元件设计，前卫且具流行创意，却不会让人产生格格不入的防卫心与排斥感。

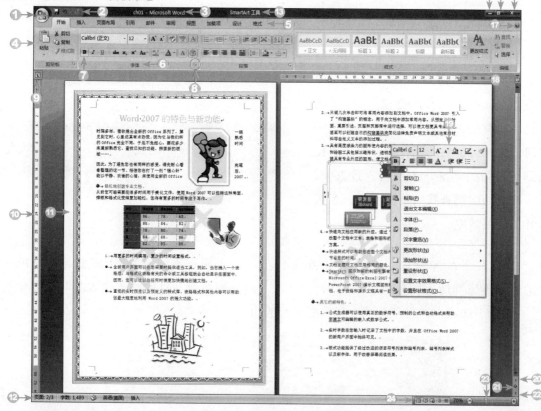

① Office 按钮	② 快速访问工具栏	③ 标题栏
④ 功能区	⑤ 选项卡	⑥ 功能区组
⑦ 功能区命令	⑧ 对话框启动器	⑨ 制表符
⑩ 标尺	⑪ 文件区	⑫ 状态栏
⑬ 上下文工具选项卡集	⑭ 最小化按钮	⑮ 最大化按钮
⑯ 应用程序关闭按钮	⑰ Word 帮助	⑱ 查看标尺按钮
⑲ 浮动工具栏	⑳ 前一页	㉑ 选择浏览对象按钮
㉒ 下一页	㉓ 显示比例调整	㉔ 查看模式切换

　　在 Word 2007 的使用界面上，有以下几个特色，是在学习操作时必须留意的。而这些新的设计，是希望用户能更轻松、更快地达到更好的结果。

◆ Office 按钮：窗口左上角的 Office 按钮，也称为"文件"按钮，可用来访问与文件或系统有关的操作，包括文件的存储与打开、离开应用程序，以及 Word 的使用环境设置。

◆ 功能区：从前 Office 系统中熟悉的 菜单 及 工具栏，已被 功能区 所替代，所有的命令，都通过 功能区 来访问。从一目了然的元件中，可以直接找到要使用的功能，不用再"过五关、斩六将"的层层查找所需的命令，大大提升了使用效率。

◆ 选项卡：功能区 上有不同分类的 选项卡 ，可根据不同需求来切换选用。功能区中的命令再依功能不同分成不同的 功能区组 。例如想改变文件的边界设置时，可以切换到 页面布局 选项卡，再从分类中找到要执行的命令。

提示 在标签上双击，可以将 功能区 内容折叠，以便有更多的编辑空间；再双击则可打开内容。

◆ 上下文工具选项卡集：除了这些常驻在窗口上的选项卡外，当选择了某个对象或范围时，相关的选项卡会浮现在 功能区 中供选用。例如选择在文件中插入图片时， 图片工具 选项卡就会浮现在 功能区 中 格式 选项卡的上方，单击选项卡就会出现相关的命令图示供设置，取消选择图片则选项卡会自动消失。

◆ 浮动工具栏：当在文件中选择某范围时，选择范围上方就会隐约浮现一个浮动的工具栏；将鼠标移到该工具栏上，就会清楚地看到这个工具栏，方便快速的访问。

○ 可快速设置格式

◆ 快速访问工具栏：位于 Office 按钮 右侧，有常用的命令按钮，例如：存储文件、撤消与重复，还可以自定义快速访问工具栏（参阅 3-3 节）。

◆ 图库：大量使用图库是 Office 2007 一个最大的特色，目的是让用户可以很快地套用各种格式。利用专业又美观的各种样式设计，可以省去许多格式化的时间。

◆ 即时预览：当打开图库列表，浏览各种精美图样的设计时，文件中的选择范围，会随着光标的移动，立即呈现套用后的结果。这

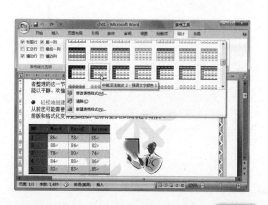

项即时预览设计，可以省去一再尝试所花费的时间。

◆状态栏： 状态栏 上可以反映各种编辑状态，在状态栏上右击或从快捷菜单中可以选择要显示在状态栏的信息。

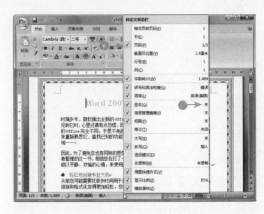

● 打勾代表已显示

● 显示状态

旧版用户的迷惑

习惯先前 Office 版本的读者，一定会很好奇几件事：

◆命令的快捷键还有作用吗？答案是"Yes"！ 菜单 虽然没了，但是命令快捷键仍是有效的，例如：[Ctrl] + [S]为 存储文件 的快捷键。有关自定义快捷键的说明请参阅 3-4 节。

◆ 对 话 框 还 有 吗？ 答 案 是
"Yes"！在有些选项卡的功能区组，右
下角会有一个 对话框启动器 按钮，单
击可打开与选项卡有关的对话框或任务
窗格，做进一步的设置。

● 打开 字体 对话框

● 复选框

● 按钮

● 下拉列表

● 单击 剪贴板 对话框启动器

◎ 打开 剪贴板 任务窗格

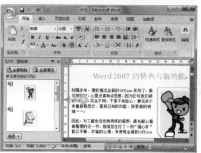

◆ 快捷菜单还能用吗？答案是
"Yes"！除了 浮动工具栏 外，在选择
的目标上右击，就会显示快捷菜单。

● 图片的快捷菜单

1-3 让操作更顺手的环境设置

每一种应用程序通常可以根据操作
者的使用习惯进行环境的设置，以便营
造一个更舒适、有效率的使用界面。以
下我们先举出在操作 Word 时，会面临
到的 "一般性" 设置。先单击 Office
按钮 ，从打开的列表中单击右下角的
Word 选项按钮，打开 Word 选项 对话
框。

1-3-1 简介

◆ 开始 ：可更改 Word 中最常用的选项。例如：是否显示浮动工具栏、是否启用即时
预览、是否改变窗口画面的颜色配置，以及和个人有关的信息设置。

○ 这些是在安装好Word后默认启
　用的项目

提示

选项右侧有 ⓘ 图示者，将鼠标
移到该项目上会出现说明信息。

◆ 显示：切换到 显示 标签，是有关文件
内容在屏幕上显示和打印时的相关设置。

◆ 高级：切换到 高级 标签，这里用来设置 Word 的一些高级选项，包括编辑、显示、
打印、存储等设置。拖动滚动条，在 显示 区域中，有窗口元件显示或隐藏的选项设置。

提示

Word 选项 中的内容，与旧版中执行 工具→选项 命令的结果相同，除了常用的设置外，也有关于文件编辑、存储、打印、查看等各种进一步的设置项目，在后续章节中介绍到相关主题时，会有更详尽的说明。

1-4 有效的在线求助

完全支持 在线帮助 一向是微软引以为傲的功能，几乎 Office 中的每款应用程序，都会附带详尽的功能说明，以备用户在操作发生问题时能即时解决。对于连线状态中的用户，更提供了完备的辅助说明与参考数据来源。要取得在线帮助的方式很多，下列是常用的步骤。

1-4-1 操作方法

① 单击 功能区 右侧的 Microsoft Office Word 帮助 按钮，或按 F1 键。

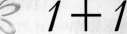

② 打开 帮助 窗口。在 搜索目标 中输
入问题的关键字，例如：目录。

　　◎ 首页画面

③ 按 🔍搜索 ▾ 按钮。

提示

　　单击 🔍搜索 ▾ 按钮打开列表，可以选择要
　　搜索的来源。

④ 显示 搜索结果，并列出搜索到的相
关主题。

⑤ 单击要查看的内容标题。

　　◎ 浏览帮助内容

⑥ 也可以直接在左侧的 目录 窗格中，
单击打开主题。

⑦ 单击有兴趣的主题，右侧会显示信
息内容。

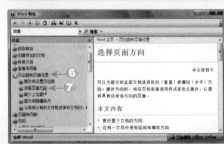

8 可以浏览、更改字体大小或打印主
题。

- 字体放大显示

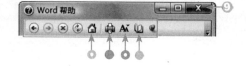

9 按 关闭 按钮可离开。

- 回首页画面
- 打印内容
- 更改字体大小
- 隐藏目录窗格

您会发现，在 Office 中获得支持与信息的方式越来越多，善用这些资源可能成为真正的"Power User"！

文件的基本编辑

编辑Word文件之前，先了解一些与文件有关的基本编辑方式与操作，可以让编辑工作更加得心应手！

2-1 文件的基本编辑

选择适当的查看模式，可以使文件的编辑更有效率！查看模式 就是"看文件"的方式；什么时候用什么模式编辑，与个人的使用习惯有很大的关系。

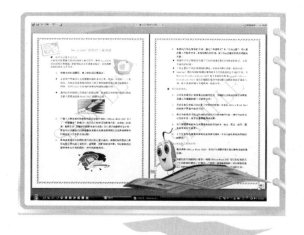

2-1-1 查看模式

文件查看模式的切换，可单击 状态栏 右侧，或是从 视图 选项卡中选择。

- 从 状态栏 选择
- 从 视图 选项卡的 文件视图 功能区中选择

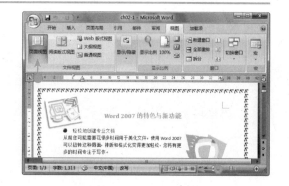

页面视图

是 Word 默认的查看模式，在此模式下可显示完整的页面编排结果，这也是经常使用的模式。在编排时可显示多栏的文件编排，页眉、页脚、脚注与图形对象也可显示在正确的位置，由于和打印时显示的一样，因此经常作为打印前最后的查看。

- 可显示多页

- 上一页 按钮和 下一页 按钮可以在不同页码间切换

- 显示当前正确的页码

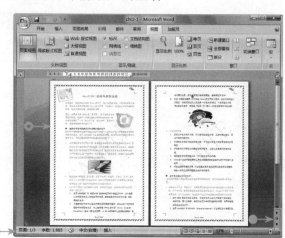

1＋1 容易学 Word 2007

在页面视图模式下，如果不希望看到"上下边界区"或"页眉／页脚"的内容，可以使用 隐藏空白 的功能。将鼠标移到页面的上边缘或下边缘，待出现 隐藏空白 的提示时双击即可，然后再以相同的操作显示空白。

- 双击可隐藏空白

- 隐藏的空白区
- 再双击可显示空白

阅读版式视图

以这种查看方式浏览文件时，文件会以几乎全屏的比例显示内容，许多屏幕元件会隐藏起来，只剩单排的工具栏。不过，在这个模式下，只能编辑文本内容，浮动的图形对象将无法显示在正确的位置。

- 单击可浏览其他页面

- 页眉/页脚无法显示

① 可以从 视图选项 列表中，选择要显示的页数和内容。

② 还可以改变显示文本的大小，以方便浏览内容。

③ 选择 允许键入 模式则可以在此模式下编辑文件内容。

④ 按 关闭 按钮则回到页面视图模式。

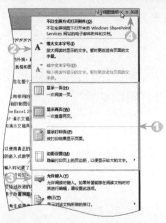

Web 版式视图

这种查看模式，为习惯以在线浏览方式查看 Word 文件的人提供了方便，当文件内容不只一页时，浏览过程中就不会有内容被切割的困扰。 Web 版式视图 的查看方式还有个特色，就是可以随着窗口大小的改变，而调整文件内容的版式。因此在这个模式下看到的文件内容，会与实际的配置有所差异，这点请读者特别注意。有些元件在此模式下也无法显示出来，例如：页面边框 或 页眉 / 页脚 等内容。

● 看不到页面边框和页眉/页脚

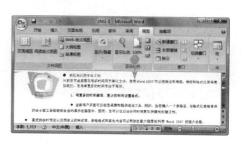

大纲视图

当需要编写一个冗长的文件时，可在此模式下创建结构化的文件，并且轻易地改变与移动文件段落。

大纲视图 的使用，与大纲编号和样式有很密切的关系，请参考第 11 章的帮助。

● 大纲 选项卡会自动出现

普通视图

在此模式下可以有较大的文档编辑空间，也可以看到文档分页的符号。但是此种模式也有不方便的地方，例如：无法看到文档的实际配置情况（边界、纸张、页眉、页脚等）；多栏式编排时，不会以并排字段显示，而是显示连续的字段，但字段粗细会维持实际粗细；若文件有页面边框或浮动的图片，也不会出现。

● 自动分页线

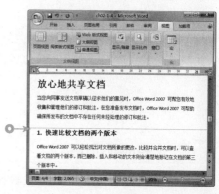

文档结构图与缩略图

基本上在文档段落套用标题样式时，使用此模式才有意义。勾选 视图→显示/隐藏 功能区的 文档结构图 复选框后，Word 会依据标题样式，将文件分成两个窗格，单击左边的标题栏，可以快速引导至文件的相关位置。文档结构图 还可与页面、普通、大纲等模式搭配使用。

- 勾选 文档结构图
- 套用标题样式的段落
- 单击标题
- 拖动到该标题位置

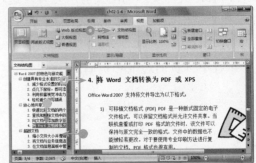

勾选 缩略图 复选框时，左边的窗口会显示文档页面的缩略图，单击缩略图即可快速切换至该页。缩略图 也可与页面和普通视图模式搭配使用。

- 勾选 缩略图

- 单击文件页面的缩略图

2-2 调整文档窗口

文档显示比例的调整，是编辑文档时不可缺少的操作；而为了方便比较文件，窗口的排列也很重要。

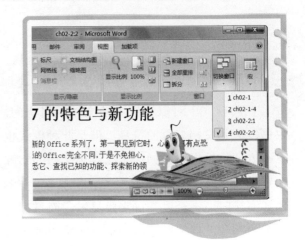

2-2-1 文档的显示比例

适当的 显示比例 可以让我们更轻松地编辑文件，除了全屏的阅读模式外，在每一种查看模式下，都可以使用窗口右下角的 显示比例调整滑块 快速的调整，调整时并不会影响文件本身的大小。也可以通过 视图→显示比例 功能区的命令选择单页、双页显示或是页宽。

- 100% 可将文件缩放为100%的标准尺寸

- 单击 显示比例 命令则打开对话框进行设置

- 显示比例调整滑块

- 可输入自定义的比例（10%～500%）

2-2-2 窗口的安排

"窗口"是供用户查看与编辑文件的地方，与查看模式不同的是，除了可以在 Word 中打开多个文件窗口外，同一个文件也可以打开数个，排列于窗口中，再依不同的查看模式来并排显示。

打开的文件，会显示在单独的文件窗口中，以 窗口 功能区的 切换窗口 命令来控制；单击打开列表后会列出已打开文件的文件名，依字母顺序排列并且有编号，编号前面打"√"者，为"使用中文件"。要使"非使用中文件"成为"使用中文件"，单击该文件名称即可。

- 使用中文件

新建窗口

要将同一个文件以不同的窗口显示时，可以单击 窗口 功能区中的 新建窗口 命令，新窗口会变成使用中窗口，同时标题栏中也会出现数字。

- 新建窗口中的文件

通过 新建窗口 命令，可以在一个文件的不同窗口中，调整要同时查看的文件部分，然后在窗口间来回移动，比较文件的不同部分。而在任一窗口中所做的改变，也会立即反

1＋1 容易学 Word 2007

映在同一个文件的其他窗口中。

并排窗口

在打开了数个文件窗口后，可以单击 全部重排 命令，将所有已打开的文件水平排列好，此时功能区会自动隐藏起来。

- 使用中文件的标题呈深色

- 最大化按钮

若要在各窗口间切换，可按 Ctrl + F6 键，或直接以鼠标单击窗口。也可以将鼠标移到窗口的标题栏上，拖动到希望的位置上来改变窗口位置。当按 最大化 按钮将某一个文件窗口最大化时（也可以在标题栏上双击），其他文件窗口会被隐藏；此时可以单击该窗口的还原 按钮还原，再将鼠标移到窗口边框，拖动窗口来调整大小。

- 单击 文件图标 打开列表
- 单击可关闭该文件窗口
- 拖动调整窗口

拆分窗口

要查看同一个文件中的不同部分，也可以用 拆分窗口 的方法，将文件窗口拆分为上、下两个窗格。例如编辑大型的表格，输入数据内容时，希望可以一直看到标题栏部分，此时可用 拆分窗口 的方式，将标题字段固定显示在上方窗格中。

① 选择 视图→窗口→拆分 命令。

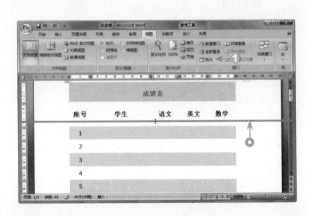

- 拆分水平轴

② 出现拆分水平轴，向下拖动至确定
位置后放开鼠标。

● 拆分成两个窗口

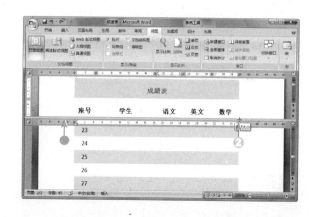

　要恢复原窗口(即合并拆分窗口)
时，单击 取消拆分 命令，或将拆分水
平轴拖回原位即可。

2-3 文本内容的产生

　　文本内容的产生是文件处理中最基
本的操作，虽然文本的内容可以由比较
简易的文字处理小软件（如 WordPad、
记事本等）来代劳，然后再导入 Word
中处理。而在中文编辑中，全角符号更
是不可或缺的。本节将介绍如何在 Word
中输入这些内容。

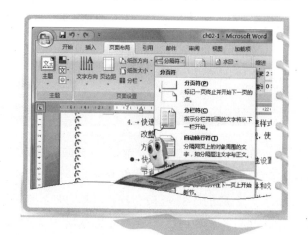

2-3-1 先找位置再输入

　　打开一个空白文件时，呈竖直短线、且不断闪烁的"插入点"会在文件的左上角出
现，此时可以输入内容(包括文本、图表等)，也就是说，您输入的任何数据，都会出现
在插入点的位置。当要在文件区的其他空白处输入文本时：

① 将光标移到要输入文本处，并双击。

② 插入点会移至该处，可以立即输入内容。

　● Word自动新建数个新段落和定位符

提示

这就是 即点即输 的功能，此功能默认是启用的，在 Word 选项 对话框的 高级
选项卡的 编辑选项 中有此项设置。

光标也会因准备单击的位置不同而呈现不同的形状；而 段落标记 代表段落的退出位置，因此段落标记的右边无法再输入任何文本。

2-3-2　输入中文本

英文或数字可以直接从键盘输入，要输入中文则需切换到自己熟悉的输入法，通常以 Ctrl ＋ Shift 键来进行切换，或是从 语言栏 选择，然后就可以开始输入中文。

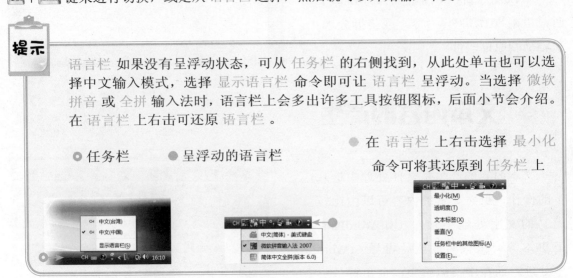

提示 语言栏 如果没有呈浮动状态，可从 任务栏 的右侧找到，从此处单击也可以选择中文输入模式，选择 显示语言栏 命令即可让 语言栏 呈浮动。当选择 微软拼音 或 全拼 输入法时，语言栏上会多出许多工具按钮图标，后面小节会介绍。在 语言栏 上右击可还原 语言栏 。

● 任务栏　　● 呈浮动的语言栏

● 在 语言栏 上右击选择 最小化 命令可将其还原到 任务栏 上

在输入文本内容时，插入点会向右移动，且 Word 会自动调整文本间距，当文本到达右边界时会自动换行。若有文本输入错误，可以按 Backspace 键往前删除；若按 Del 键则会删除插入点之后的字。每按一次 Enter 键，就会插入一个段落标记，代表产生一个新段落，所以除非要另起新段落，否则不要轻意按下 Enter 键来换行。

● 段落标记

● 插入模式

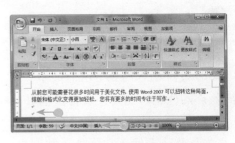

在默认的情况下，Word 的输入状态为 插入 模式，也就是当您输入文本内容时，如果插入点后面尚有文本，则后面的文本会因新建文本而往右移动。若启用了"Word 选项"对话框的 用 Insert 控制改写模式 复选框，就可以用键盘上的 Insert 键来切换插入或改写模式，在改写模式下新建文本内容时，插入点后面的文本会被替换。

在 Word 文件中若出现如下图所示的"方格"或"灰点"符号，表示按了▭；方格代表 全角 的空白，灰点则为 半角 空白，可以单击 开始 选项卡中 段落 功能区的 显示/隐藏 命令来切换显示这些"非打印字符"（"非打印字符"是指打印文件时，默认并不会出现的字符）。在编辑 Word 文件时，不是非常必要最好不要用空白键来对齐，要对齐字符串请使用 制表位 (参考第 5 章)。

- ◎ 显示/隐藏 命令
- ● 半角空白
- ◎ 定位符号
- ● 全角空白

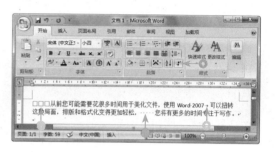

2-3-3　先找位置再输入

英文文件的标点符号可以直接从键盘中输入，在中文输入状态下，则会使用全角的标点符号。切换到 插入 选项卡，可以直接从 特殊符号 功能区单击常用的六种符号。

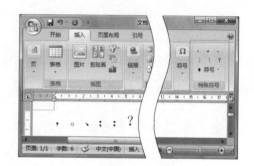

如果要输入引号、百分比、注册商标等符号，可以单击 特殊符号 中的 符号 命令，从打开的列表中选择。

- ◎ 与旧版中的 符号 工具栏相同

单击 更多 命令则打开 插入特殊符号 对话框。单击 显示符号栏 按钮可打开对话框，列出当前 符号 命令下拉列表中显示的所有符号。如果想将列表中的常用符号更改，可切换到其他选项卡中改变。

① 切换到 数学符号 选项卡。

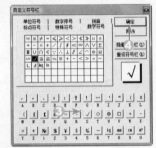

② 单击"√"按钮。

③ 再单击下方字母为"S"的符号将
其置换。

④ 单击 确定 按钮。

⑤ 下次要使用"√"符号时，可直接
从 符号 列表中单击。

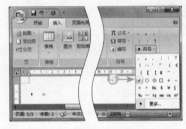

要还原符号列表中的默认按钮，可进入 插入特殊符号 对话框中按 重设符号栏⑧ 按钮即可。

2-3-4 ｜ **插入其他符号与字符**

除了常用的标点符号或数学符号外，为了美化文件或增加文件的可读性，也会插入一
些美观的符号、日期与时间信息或是数字等内容。

特殊符号

单击 插入 选项卡 符号 功能区中的 插入符号 命令打开列表，也可从此处插入常用符
号；单击 其他符号 命令可以打开 符号 对话框，插入更多不同的符号。

● 更多不同符号

● 可替常用的符号指定快捷键

● Wingdings字体中有许多可爱的
符号

● 双击该字符

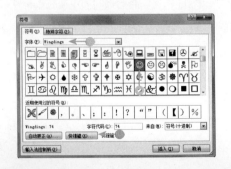

符号 对话框可以一直打开，再切换回文件中继续编辑内容。以鼠标拖动 符号 对话框的标题栏，将它移开些就不会挡住文件区域！直到您不再需要插入符号时，单击 关闭 按钮回到文件窗口。而最近使用过的符号，会显示在 插入符号 的列表中，方便再次选用。

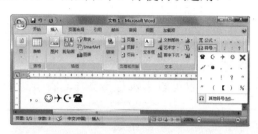

● 最近使用过的符号

日期和时间

可以在文件中输入各种不同的日期与时间形式。

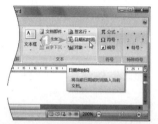

1 切换到 插入 选项卡，从 文本 功能区中选择 日期和时间 命令。

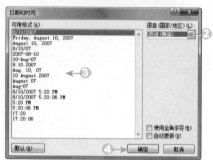

2 打开对话框，先选择一种 语言 。

3 从 可用格式 中选择。

4 单击 确定 按钮。

● 使输入的字符为全角显示

勾选 自动更新 复选框，可使插入的日期成为 域，也就是说当您明天再打开这个文件时，会出现明天的日期时间。

编号

编号 是一个很容易被用户忽略的功能，看到以下的示范后，就会比较清楚要如何使用这个功能。

1 先输入一串半角数字，例如：1098。

2 选择该串数字，再选择 插入→符号→编号 命令。

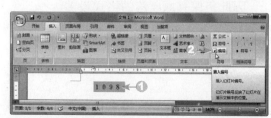

③ 数字会显示在打开的对话框中。

④ 从 编号类型 列表中选择不同的项
目会有不同的结果。

提示

也可以不执行步骤 1，直接进入 编号 对话框中输入数值。

- 选择 全角 的结果
- 选择 壹,贰,参 的结果(用在会计
  中的表示法)
- 选择 一,二,三(简) 的结果(可用
  在中文的数字表示法)

将数字设置为 全角 ，文件为 竖排 时，数字会转 90 度呈现。

- 竖排 时的全角数字

2-3-5　分行、分段与分页

在输入文本内容时，Word 会自动编排输入的文本，因此当文本到达段落右边界时，Word 会作换行的处理。Word 文件中是以 段落标记 作为识别段落的分界，而这个标记是按 Enter 键产生的，因此只有在另起新段落时，才需按下 Enter 键。

分行

如果强迫段落中的某字符串移到下一行开始处，可以：

① 将插入点移到字符串前面。

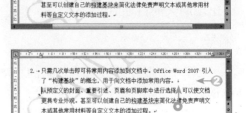

② 按下 Shift + Enter 键强制换行。

③ 被换行的文本仍属于同一个段落，
因此仍保有原段落的格式设置。

- 强制换行符号

分页

创建文件时，Word 会依设置的纸张大小、边界值及字体大小等信息，自动替文件做

分页处理，并随文件内容的增减而自动调整页数，也就是"自动分页"的功能。有时候在特殊需要下，用户也可以自行做"强迫分页"的设置，即所谓的"人工分页"或"手动分页"(亦称为"指定式分页")。

① 切换到 插入 选项卡，单击 页 功能区的 分页 命令。

● 插入点在此

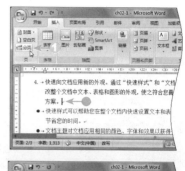

② Word 会在插入点之前插入一个"分页符"，在 普通 模式下会以虚线显示，可以选择、删除、移动或复制此虚线，但"自动分页符"则无法删除。

● 手动分页符　● 自动分页符

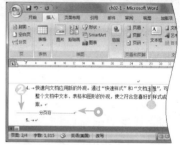

提示

也可以在 页面布局 选项卡中，从 页面设置 功能区选择 分隔符 ，再选择 分页符 。快速插入分页符的方法为使用 Ctrl ＋ Enter 组合键！

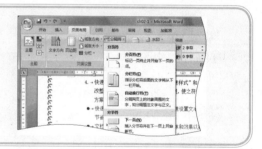

2-4　文本范围的选择

"先选目标，再执行"是执行许多应用程序时的口诀，Word 当然也不例外。在 Word 的文件编辑作业中，我们首先要学会如何选择文件范围，才能进行其他编辑。

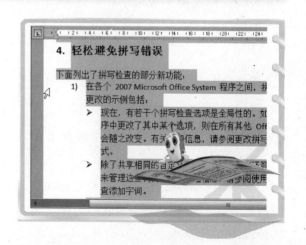

2-4-1 移动插入点

移动插入点的操作，是能否有效处理文件的关键，因此，熟记几个常用的组合键，可以省下不少拖动滑块或移动鼠标的时间。

下表是常用的组合键：

按键	功能
Ctrl + →	往右移动一个完整的英文单词或一串中文
Ctrl + ←	往左移动一个完整的英文单词或一串中文
End	由目前的位置移至该行结尾
Home	由目前的位置移至该行开始
Ctrl + End	移至文件的结尾处
Ctrl + Home	移至文件的开始处

提示

要使用数字键盘区的方向键时，请确保 NumLock 键已关闭。

2-4-2 使用鼠标选择范围

当我们想要对某个字、某几行、某几段或是整个文件的文本进行格式设置，或是移动、复制等编辑操作时，必须先选择范围。使用鼠标或键盘时，通常有以下几种操作方式：

以鼠标拖动

1 将鼠标光标指到选择范围的起始位置。

2 按住鼠标左键不放拖动到要选择的范围为止。

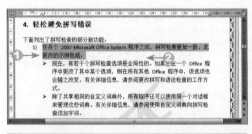

3 按住 Ctrl 键不放，接着再选择另一个范围。

4 重复步骤 3，可以在文件中选择多个不连续的范围。

要取消范围的选择，只需将鼠标在文件其他区域单击即可；当选择了多个不连续的范围后，若其中有某个范围要取消选择，同样是按住 Ctrl 键后，再单击该范围的任意处，即可将该范围取消选择。

✂ 鼠标单击方式

　　如果只是选择单行字符串，将鼠标指到该行最左边的 文本选择区内 ，当鼠标光标的符号由"Ⅰ"变成箭头时，单击即可完成选择的操作。

● 文本选择区

● 单击选择单行字符串

● 双击会选择整个段落

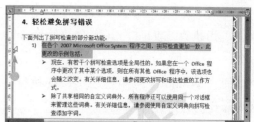

　　在文本选择区连按三下鼠标，则全选择全篇文件；或是按住 Ctrl 键后，将鼠标移到文本选择区的任一位置，当光标变成箭头时单击也可以选择整个文件。

● 按三下鼠标选择整个文件

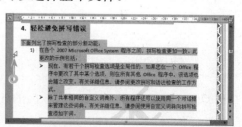

　　也可以使用鼠标与按键配合操作，例如利用鼠标选择范围之后，欲调整所选择的范围时，可按住 Shift 键，再以 ↑ 、 ↓ 、 ← 、 → 方向键移动插入点来扩大或减少选择范围；或是按住 Alt 键后，再按住鼠标左键拖动可选择垂直范围的文本！

● 选取垂直范围

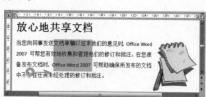

　　另外，在英文字符上双击可选择"一个单词"，Word 会以空格、符号或全角字符作为

判断一个英文字符的依据。在中文字上双击，则可选择中文词语。

2-4-3　使用键盘选择

使用键盘选择范围的操作，基本上与移动插入点的方法相同，主要用`Ctrl`键和`Shift`键，再配合`↑`、`↓`、`←`、`→`方向键。将光标移至欲选择范围的起始位置，按住`Shift`键不放，再移动`↑`、`↓`、`←`、`→`方向键来选择范围。其他常用的选择操作有：

操作	说明
`Shift` + `End`	由目前的插入点位置选择至该行结尾
`Shift` + `Home`	由目前的插入点位置选择至该行开始
`Ctrl` + `Shift` + `End`	由目前的插入点位置选择至文件结束
`Ctrl` + `Shift` + `Home`	由目前的插入点位置选择至文件开始
`Ctrl` + `A`	选择整个文件内容

2-5　移动与复制

移动 与 复制 是经常会执行的编辑操作，当执行它们时，其实会执行两个命令：复制 加 粘贴 或 剪切 加 粘贴 命令。而在 Windows 应用程序中，要执行这些操作的方法还不少。

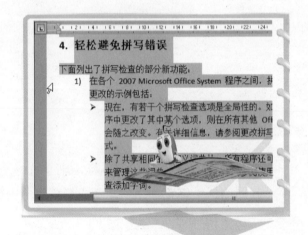

2-5-1　使用Office剪贴板

在 Office 中，剪贴板 有一个专门的任务窗格，可以存储 24 个 复制 或 剪切 命令，在执行粘贴操作时，能从剪贴板任务窗格中找到需要的项目贴入。这个剪贴板称为 Office 剪贴板，它可以同时存放其他应用程序中的内容，也可以很容易地从其他应用程序中将数据贴入 Word 中。

1 选择 开始→剪贴板 的 对话框启动器 。

2 打开 剪贴板 任务窗格。

● 目前没有任何项目

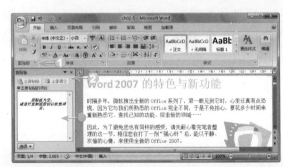

提示

在剪贴板 选项 列表中若勾选 自动显示 Office 剪贴板 命令，则连按两次 Ctrl＋C 键或是连续执行两次 复制 命令，也会将 剪贴板 任务窗格打开。

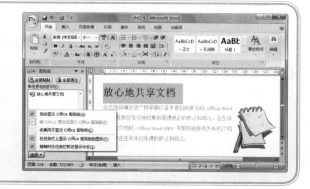

③ 选择文本范围。

④ 选择 剪贴板→复制 命令。

⑤ 任务窗格中立刻显示内容。

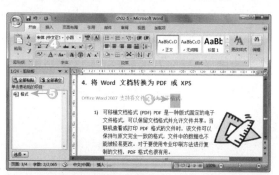

⑥ 再选择文件中的图片。

⑦ 选择 剪贴板→剪切 命令。

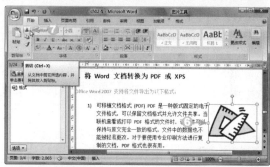

⑧ 将插入点移至要粘贴内容的位置。

○ 剪切的图形

⑨ 在任务窗格中单击文本，贴入文件中。

● 粘贴选项 按钮会出现在贴入内容的右下方

⑩ 将鼠标移到 粘贴选项 按钮上会出现向下箭头，单击即出现列表。

○ 默认的选项

11 选择 匹配目标格式，以使格式与目
段落一致。

○ 格式与目标段落一致

提示

粘贴选项 列表中的项目，会随着贴入的内容类型、贴入信息的来源程序，以及贴入位置的文本格式而异。 粘贴选项 按钮不会打印出来，若不希望其显示，可进入 Word 选项 对话框，在 高级 选项卡的 剪切、复制与粘贴 区域中，取消勾选 显示粘贴选项按钮 复选框。

任务窗格中的 全部粘贴 按钮，可一次将 剪贴板 中的所有项目全部贴入； 全部清空 按钮则可清除任务窗格中的所有内容。当 剪贴板 中贴满 24 个项目时，若要再贴入第 25 个项目，剪贴板 会自动将第 1 个项目清除；最新贴入的项目会永远保持在窗口的最上面。也可以选择清除某个项目，只要单击该项右侧的向下箭头，选择 删除 命令即可。Office 剪贴板中的内容会一直保持着，直到退出所有使用中的 **Office** 程序。

● 剪贴板任务窗格

当 复制 或 剪切 的对象来源，与要 粘贴 的目的位置位于同一个屏幕时，使用拖动方式是最快速的方法。要提醒的是，拖动复制或拖动移动并不通过 剪贴板 。

1 先将 剪贴板 中的内容全部清除，
再选择文本范围。

○ 此时 状态栏 上会有"移至何处？"的消息

2 将鼠标移到选择的范围上，按住鼠标左键不放并拖动至第二段的"2007"前方。

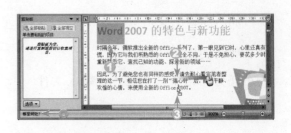

3 拖动到要放置的位置后放开鼠标。

4 画面上仍会出现 粘贴选项 按钮，可以单击后改变格式。

○ 剪贴板中没有内容

提示

拖曳时按住[Ctrl]键不放，则为 复制 操作。

拖放式文本编辑功能默认是启用的，可以在 Word 选项 对话框 高级 选项卡的 编辑选项 中，决定是否取消此功能。

● 文本拖放功能

2-6 撤消与重复

撤消 、 撤消恢复 或 重复 是编辑操作中最常用、也最便捷的功能。每当在文件中删错了文本，或是执行了不适当的命令时，只要在未执行其他操作之前，立即单击 快速访问工具栏 上的 撤消 命令，便能迅速撤消到执行前的状态，对初学者而言是最受用的一个命令。

2-6-1 操作方法

在 **Office** 应用程序中，大都具备了 撤消 ([Ctrl] + [Z]) 和 撤消恢复 ([Ctrl] + [Y]) 的功能，而且是多层次的执行方式。打开命令列表，可以看到可撤消的操作。

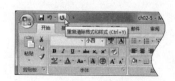

命令后面所接的名称是显示上一项操作的提示，例如：撤消移动。若操作无法重复时，重复 功能区命令会呈现灰色状态。要特别注意，"存储"操作是无法撤消的！

● 无法重复

 提示

通常 撤消 命令会和 撤消恢复 命令成对存在；系统会自动在 撤消恢复 命令和重复 命令间作切换。

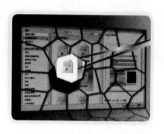

文件管理与参数设置

有关文件的操作，在Office家族中都很相似，只因软件特性的不同，各自具有不同的文件属性。了解文件的文件属性和特色，以及各项首选参数的设置，可以更有弹性地处理Word文件。

3-1 文件的管理

执行任何应用程序时，通常都少不了"开门三件事"：打开文件、存储文件、关闭文件。可别小看了这三个动作，有了正确的文件管理观念，可以让您的文件井然有序！

3-1-1 新建文件

单击 Word 应用程序进入 Word 窗口时，画面中即自动打开一个空白的新文件。如果要再打开另一个新文件，可以单击 Office 按钮 > 新建 命令，打开 新建文档 对话框。

◎ 可创建新的博客文章

默认会位于 空白文档和最近使用的文档 ，按 创建 按钮可创建新的空白文档。左侧有模板 列表，可以分别单击来选择模板。

◆ 单击 已安装的模板 ，右侧窗格会列出已安装的模板及预览，可以选择一种模板来创建新文件或模板。

◆ 单击 我的模板 可打开 新建 对话框，选择已创建的自定义模板来新建文件。

◎ 自定义的模板

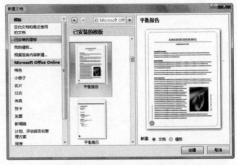

◆ 单击 根据现有内容新建 可打开
根据现有文档新建 对话框，可从现有
的文件创建新文件，这样可以节省许多
输入或设置的时间。

◆ 如果已连网，可从 Office Online
中下载最新的各式模板来创建新文件。

● 先选一种类别

● 单击 下载 按钮

● 文件中出现内容

○ Word帮助 窗口会出现此模板的
打分信息

提示

下载后，下次再进入 新建文档 对话框时就会看到 最近使用过的模板 区域中
有下载的模板。单击 我的模板，在 新建 对话框中也会看到已下载的模板。

● 从 Office Online 下载的模板

3-1-2 保存文件

编辑文件时，所做的更改通常会暂存在电脑的内存中，若要把最新的编辑结果永久的存在磁盘中，必须执行 保存 命令。

① 单击 快速访问工具栏 上的 保存 钮。

② 第一次存档时，会出现 另存为 对话框。

③ 选择正确的存档位置。

④ 在 文件名 中输入文件名。

⑤ 再单击 保存(S) 按钮即可。

新文件在存储时，会以文件中的第一行内容作为默认的文件名。存档时可以单击 浏览文件夹 打开对话框，单击左侧的快捷方式图标，将文件存储在 我的文档、桌面 或 网络中。

● 单击可隐藏文件夹

Word 可以存储的 文件类型 很多，可以单击 保存类型 列表查看。在 Word 2007 中默认为 Word 文档（*.docx），其中的"x"代表 **XML**，是一种经过压缩的格式，可以减少文件的容量，并使被破坏的文件能轻易的复原。

● 可存储成旧版的"*.doc"格式

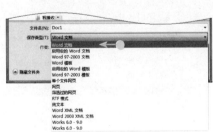

一个已存在的旧文件，在更新后重新执行 保存 命令时，**Word** 不会再出现"另存为"对话框，直接以原文件名保存替换旧文件。如果想把修订后的文件，在不影响原文件的情况下保存，则可以执行 Office 按钮 > 另存为 命令，以新文件名来保存。

3-1-3 打开旧文件

在 Word 中可以同时打开多个文件，可以打开的文件数目，与内存大小、硬盘空间有很大的关系。要打开一个已存在的文件，或最近刚编辑过的文件，可以由不同的方式执行。

1 单击 Office 按钮 > 打开 命令，出现打开 对话框。

2 在 文件夹 中展开并选择要打开的文件所在的磁盘与文件夹。

3 指定要打开的文件类型，默认为 所有 Word 文档。

4 在列表中选择要打开的文件名称。

5 单击 打开(O) 按钮即可打开文件。

若要一次打开多个连续的文件，可按住 Shift 键在列表中选择；若要打开不连续的文件则先按住 Ctrl 键再选择。

上述打开方式是标准的程序，也可以单击 Office 按钮，从 最近使用的文档 列表中选择最近曾打开过的文件名称。

要自定义此处出现的文件数目，可打开 Word 选项 对话框，在 高级 分类的 显示 区域中设置，默认的文档数目为 17。

如果想在不影响原有文件的情况下打开旧文件，可以单击 打开 对话框中 打开(O) 按钮旁的向下箭头，选择以只读方式来打开。

另外，在 打开 对话框中，也可以选择以不同的查看方式来展示文件，单击 视图 按钮旁的箭头，可以选择不同的显示方式，还可以排列文件。

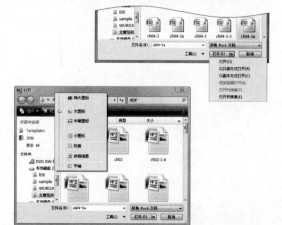

基本上在 Word 2007 中打开旧版本的文件格式是毫无问题的，此时 标题栏 会显示"兼容模式"的提示。而 XML 格式与 Office 2003、Office XP 或 Office 2000 是可兼容的，只要到微软的网站免费下载 文件格式转换器，旧版本的用户就可以用新的 XML 格式来打开、编辑与存储文件，这样就能与不同版本的 Office 用户共享文件了！

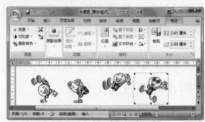

● 此提示表示文件为Word 97～2003格式

那么您可能会好奇，为什么要有新的文件格式？原因不外乎以下几点：

◆ 新格式的文件大小相对要比".doc"或".dot"小很多。

◆ 由于此种文件格式，使得被破坏的文件的撤消能力有更多的改善。

◆ 也因为以 XML 为基础的格式，程序开发人员可以更容易地创建解决方案。

◆ 这种格式与其他系统间的整合更容易。

XML 是什么？

XML（Extensible Markup Language，可扩展的标记语言）是一种开放式的、工业标准的语言，可用来组织与存储数据。以 XML 格式表示的数据，代表着信息可以被轻易的分享和再使用。Word 2007 可以创建和布署结构化的文档模板、综合整理自定义的 XML 信息、并与其他文件的内容整合；通过创建文件间的"绑定"（Binding），可以在 Word 文件中链接到其他外部数据来源。

3-1-4　文件撤消

文件的撤消能力也是新版非常强调的功能，当执行 Word 程序遇到问题而停止响应时，正在处理中的文件将会得到适当的处理；例如错误原因可被加以分析，以便找到错误并反馈给微软；可能的话，这些文件中的信息还可以被撤消。在默认的状态下，"自动恢复"的功能是启用的，可以通过下面的操作来确认：

❶ 单击 Office 按钮 > Word 选项(I) 按钮打开 Word 选项 对话框。

❷ 选择 保存 类别。

❸ 在 保存文档 中确认勾选 保存自动恢复信息时间间隔 复选框，默认为"10"分钟，可以视需要予以更改。

❹ 单击 确定 按钮。

接下来如果 Word 不幸发生了状况，可以依照以下的步骤处理：

1 出现发生问题的画面。

　○ 默认为等待程序响应

2 出现 Word 正在收集信息的消息。

3 询问是否发送问题给微软，单击 取消 按钮。

　● 单击可发送错误数据给微软

4 出现 Word 正尝试恢复的消息。

5 恢复结束自动进入 Word，文件恢复任务窗格会出现，并列出程序停止响应时恢复的所有文件。

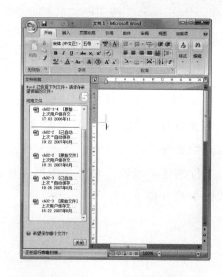

提示

> 文件名后面的文本为状态指示，显示恢复期间对文件执行的操作。原始文件 表示上次执行存储操作时的原始内容。恢复 则为恢复期间所创建的文件，或自动恢复时所存储的内容。已自动保存 是上次自动存档所创建的版本。

6 可以打开文件，查看所做的修复或比较已撤消的版本，再选择最佳版本来保存，并删除其他版本。

　● 打开文件

　○ 删除版本

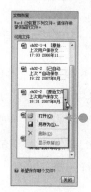

7 打开恢复的版本。

8 如果这个版本是需要的，可以保存。此时会出现 另存为 对话框，可以选择源文件名保存。

⑨ 若直接单击任务窗格下方的 关闭 按钮，会出现警告信息，如果不需要 Word 为您恢复文件，可以单击 否，删除这些文件；若单击 是，则进行保存。

⑩ 打开恢复的文件后，若未保存直接单击 关闭 按钮，会出现信息询问是否保存：单击 另存为(S) 按钮可予以保存；单击 删除(D) 按钮则将其删除。

3-2 首选参数的设置

在编辑 Word 文件时，有很多设置会影响文件操作的效率，甚至结果。在后续介绍各种功能时，我们会一一提醒。有关文件的基本编辑，有哪些值得注意，在此做个综合整理。

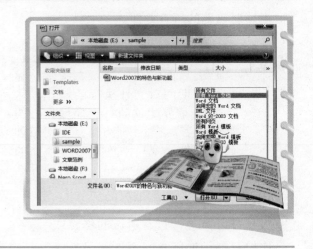

3-2-1 善用鼠标右键

对大部分用户来说，使用鼠标右键已经是再自然不过的，虽然新版中增加了 浮动工具栏 的功能，但由于此工具栏中的工具按钮，大多与格式的设置有关，因此 快捷菜单 的使用仍有其方便性与必要性。由于按右键后所产生的 快捷菜单 的命令列表，会与鼠标所在位置的属性有密切的关系，因此，必须确实将鼠标移到要执行的目标后按右键，才能出现想执行的命令。

① 先选择要复制或格式化的范围。

② 鼠标指到选择范围内再按右键，出现 复制、剪切 或与设置格式有关的命令。

- 浮动工具栏
- 快捷菜单

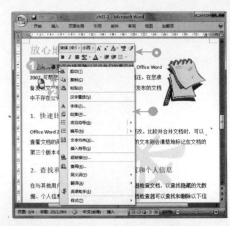

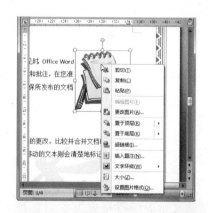

◎ 选择图形对象时快捷菜单的内容
会不一样

3-2-2　编辑选项的设置

单击 Office 按钮 的 Word 选项(I) 按钮，会打
开 Word 选项 对话框，其中有许多分类，都与
Word 使用环境的设置有很大的关系。

在 高级 分类的 编辑选项 区域中，就是与
编辑相关的首选参数设置，有些项目在前面已
经提过，例如 即点即输、显示粘贴选项按钮
等。其他要特别注意的还有：

◆ 选定时自动选定整个单词：通常用在英文文件，在选择单词时，只要部分选择，
Word 便会自动选择整个单词以及字后的空格。

◆ 允许拖放式文字编辑：勾选此项可确保能执行拖放式的编辑动作。

◆ 使用智能段落选择：Word 可以判断当选择整个段落时，是否已选择 段落标记，并
在 剪切 及 粘贴 段落时并入段落中，而不会在文件中留有空的段落。但是有时不想选择包
含段落标记的段落时，必须将此复选框取消，才能顺利执行，否则会奇怪为什么拖动时总
会选到段落标记。

◎ 段落标记会被一起选择

◆ 自动切换键盘以匹配周围文本的语言：选择此选项时，系统会根据插入点所在文本
的语言，自动更改键盘的语系和字体；若未选择此选项，则只会更改字体。

往下拖动滚动条可以看到 剪切、复制和粘贴 区域，和其中也有与编辑相关的设置，
例如在执行 复制 与 粘贴 时，不同的复制来源和是否包含样式，在执行 粘贴 并出现 粘贴
选项 钮时，列表中会有不同的命令选项。

◆使用智慧剪贴和粘贴：Word 会
自动在粘贴文本时进行格式调整。选择
此复选框后，可以单击 设置(N) 按钮，来
设置粘贴的特定选项；例如删除文本时
删除多余空格，或从 剪贴板 上插入文
本时新建空格；指定粘贴文本时保留段
落间距，以防止空白段落或不一致的段
落间距等。

3-2-3 **与文件有关的设置**

在 Word 选项 对话框的 保存 分类中，顾名思义都是与文件的保存有关的设置。

◆保存文档：可以指定 Word 默认
保存时的文件格式、设置文件自动恢复
的间隔时间、自动恢复文件的存储位置
和默认存储位置。

● 可单击此按钮修改

在 高级 分类中也有与 保存 有关的设置，
包括是否创建备份、保存 Normal 模板前是否
出现提示、是否允许后台保存等。

 提示

保存文件时，系统会复制前一版的文件作为备份，扩展名为"*.WBK"。

单击 高级 类别常规 区域中的 文件位置(E)... 按钮可打开对话框，指定各种文件类型的默认位置。

● 单击此钮

❶ 先选择 文件类型。

❷ 再单击 修改(M)... 按钮。

❸ 指定文件夹位置。

❹ 单击 确定 按钮。

● 更改结果

3-2-4　与显示有关的设置

与文件页面的显示有关的设置，大多集中在 显示 及 高级 分类中；包括是否显示工具提示、是否显示页面之间的空白、以及格式标记的显示等。

在 高级 分类的 显示文档内容 和
显示 区域中，则有与文件的元件显示
有关的设置，例如：显示裁剪标记、域
底纹、度量单位的设置、屏幕提示中显
示快捷键等相关主题，在后面章节中会
有相关的介绍。

● 显示文档内容 区域的选项

○ 显示 区域的选项

3-3 自定义快速访问工具栏

默认的 快速访问工具栏 显示在 功
能区 上方、Office 按钮 的右侧，其中只
包含常用的三个命令：保存、撤消清除
和重复键入。可以根据使用习惯来自定
义 快速访问工具栏。

3-3-1 操作方法

① 单击最右侧的 自定义快速访问工具
栏 按钮。

② 打开列表，可以勾选还要显示哪些
常用的命令。

  ● 可改变 快速访问工具栏 的位置

③ 从列表中选择 其他命令。

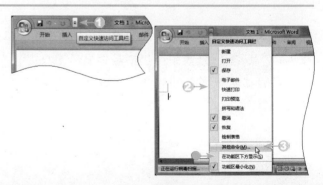

④ 打开 Word 选项 对话框，并停在 自
定义 分类。

⑤ 从列表中选择适用于所有文档或目
前的文件。

- ● 目前工具栏上呈现的命令
- ○ 可套用的范围

⑥ 从 从下列位置选择命令 下拉列表中
选择命令的类别，默认是 常用命令 。

- ● 可用的命令

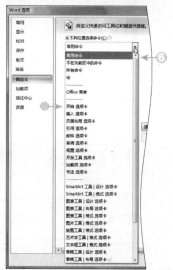

⑦ 从列表中找到要使用的命令。

⑧ 单击 添加(A) >> 按钮加入右侧列表。

⑨ 重复步骤 6~7 将需要的命令一一加入。

⑩ 再单击 上移、下移 钮调整命令顺序。

- ● 单击 重设(S) 按钮可将工具栏还原为默
  认内容，也就是只显示三个命令

⑪ 单击 确定 按钮回到画面中。

- ● 自定义的快速访问工具栏

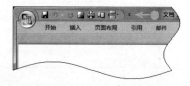

提示

打开 自定义快速访问工具栏 按钮，单击列表中的 功能区最小化 命令，可以将功能区 折叠起来最小化；也可以直接在标签上双击，来打开或折叠功能区。

● 打开的功能区

● 折叠的功能区

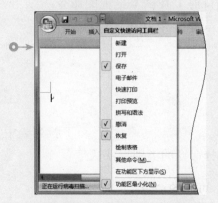

3-4 自定义快捷键

对经常要执行的命令，可以使用快捷键加快作业的进行。当鼠标光标在 功能区 的某些命令上停留时，会出现快捷键的提示，除了这些默认的快捷键组合外，也可以视需要自定义。

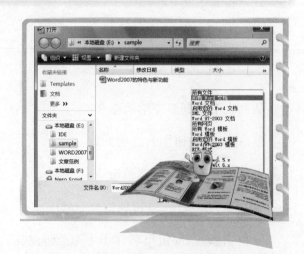

3-4-1 操作方法

❶ 进入 Word 选项 对话框并停在 自定义 分类，单击下方 键盘快捷方式 右侧的 自定义(D)... 按钮。

② 打开 自定义键盘 对话框，从 类别
列表中选择命令所在的选项卡。

③ 从 命令 列表中找到要指定的命令名
称。

④ 将插入点移到 请按新快捷键 框中。

提示

如果该命令已指定了快捷
键，此时在 当前快捷键 框中
会显示组合键。

● 已指定的快捷键

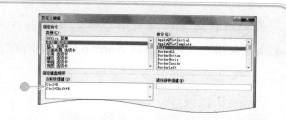

⑤ 直接从键盘中按下要指定的组合
键，例如：Alt + C 键。

◎ 显示命令的说明

提示

如果指定的组合键已经被指定给其他
命令，对话框中会有提示；此时以退格
键将组合键内容删除，重新输入其他组
合键。

◎ 组合键已被指定

⑥ 当 目前指定到 显示为 "未指定" 时，
可单击 指定(A) 按钮。

● 目前未指定

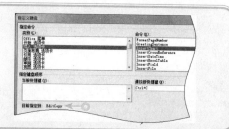

⑦ 指定的组合键会出现在 当前快捷键 框中。

⑧ 可以选择将自定义快捷键存储在默认的
Normal 或当前的文件中。

⑨ 重复步骤 1 ～ 8，继续指定其他命令的快
捷键；单击 关闭 按钮。

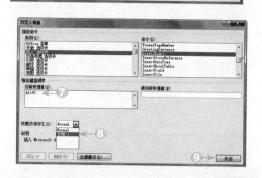

⑩ 再单击 确定 按钮离开 Word 选项 对话框。

要取消自定义快捷键的设置，选择命令并选择 当前快捷键 后 删除(R) 按钮；单击 全部重设(S)... 按钮则会删除包含 Normal 模板中所有宏和样式的快捷键设置。

● 删除快捷键设置

● 全部重设

美化文件的第一步
——字符格式

不管是企业内部的文件还是学生准备的作业，通常对一份文件的要求，内容正确是首要的，如何让人赏心悦目、易于阅读更是基本需求，美化文件的第一步就是"格式化"。

04
Chapter

4-1 常用字符格式的设置

我们输入完文件内容后，通常会为字符加上格式，例如变换字体、大小、加点颜色或下划线等效果，这些都属于字符格式。由于字符格式会以"字符"为单位，因此在设置时会"先选择范围"；如果未先执行这个操作，那么所设置的格式将成为"默认值"，可以套用在接下来输入的内容上。

4-1-1　快速设置字符格式

当选择字符范围时，浮动工具栏 会显示出来，可以设置常用的格式；也可以通过 开始 选项卡上 字体 及 段落 功能区的命令，来快速设置所选择字符的格式。

1 先选择要设置格式的文字范围。

2 浮动工具栏 会显示在上方 (或右上角)，可单击工具按钮加以设置。

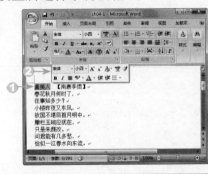

提示

浮动工具栏 上的工具按钮简单说明如下：

● 增大字体　● 缩小字体　● 快速样式

○ 以不同颜色突出显示文本　○ 增加缩进量

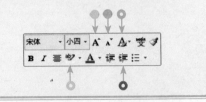

3 也可以直接从 字体 功能区为选择的字符加上各种效果。

● 由功能区来设置格式，可以即时预览效果！

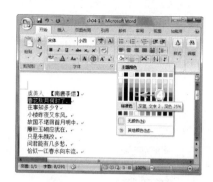

④ 要替字符加上灰色以外的底纹，可以在 段落 功能区中单击 底纹 命令，从列表中指定颜色。

4-1-2 开启字体对话框

字体 功能区中常驻了一些经常会用到的格式命令，字体 对话框中则有更多与格式设置有关的选项可以指定。

① 同样先选择要设置格式的字符范围。

② 单击 字体 功能区的 字体 对话框启动器。

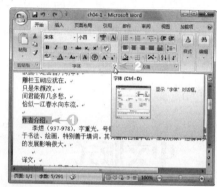

③ 打开 字体 对话框，在 中文字体 下拉列表中，选择所需的字体。

④ 设置 加粗。

⑤ 指定 字号。

⑥ 设置 字体颜色。

⑦ 指定 下划线样型。

⑧ 选择 下划线颜色。

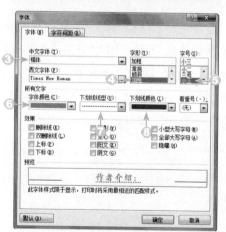

⑨ 在 效果 区域中勾选所需效果的复选框。

⑩ 单击 确定 按钮。

● 在 预览 框中预览设置的结果

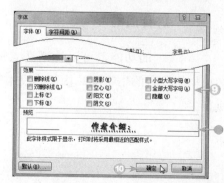

- 加删除线
- 双删除线
- 阴影
- 空心

- 阳文
- 阴文
- 小型大写字母
- 全部大写字母

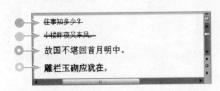

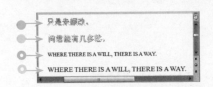

当我们打开新文件并输入字符时，通常已有默认的格式，例如中文字体为 宋体、英文则为 Times New Roman 、字号为 12 磅；如果希望以后新建文件时，能有自定义的格式，可以在 字体 对话框中更改后按 默认(D) 按钮，修改成默认的格式。不过建议若非必要还是不要轻易更改此默认值。

- 单击 是(Y) 按钮

4-2 中文版式

中文版式 可以说是专门为东方语系国家所设计的功能，例如中文书信中最常碰到、也最头痛的合并和双行合一、拼音指南和字符加外框等，现在只要简单的几个操作，就可以完成这些设置。

4-2-1 拼音指南

拼音指南 的功能，可以让语文老师在编写文稿时更轻松方便，一般人还可用来查阅不知道如何发音的生字呢！由于古文书籍习惯以竖排方式呈现，因此，以下我们将在竖排下执行。

① 选择要标示拼音的文字范围。

② 单击 开始 > 字体 > 拼音指南 命令。

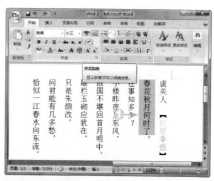

③ 出现 拼音指南 对话框，并自动将
拼音标示出来。

④ 设置拼音的 字体。

⑤ 设置拼音的 字号。

　◎ 预览框中会立即见到效果

⑥ 选择拼音的 对齐方式。

　● 偏移量 用来设置所标示的拼音
　　符号与文字间的距离

提示

如果选择的字符串中有些字不要标示
拼音，或因一字多音而有拼音错误的
情况，可以将该文字自 拼音文字 方块
中拖动反白后按 Del 键删除；再自行以
拼音输入法 输入拼音符号。

　● 反白拼音并删除

　● 重新输入拼音符号

⑦ 单击 确定 按钮。

● 拼音标示完成

要删除拼音标示，必须再次进入
拼音指南 对话框中，单击 全部删除(V) 按钮
将其删除。

提示

当文字标示了拼音后，在默认的状态下，选择该文字时会呈现灰色底纹，此底纹为 域底纹，并不会打印出来，表示拼音的标示是使用 域。若不希望看到该底纹，可以在 Word 选项 > 高级 > 显示文档内容 中，在 域底纹 下拉列表中选择 不显示 选项；选取时显示 选项只有在选择该文字时才会显示底纹。由于底纹并不会打印出来，因此建议还是用默认值，让它自动显示以利判断。

● 灰色底纹

● 默认为 选取时显示

4-2-2　带圈字符

在输入数据内容时，如果有特别需要强调的字符，可以替字符加上圆圈或方框的圈号。

① 将插入点移至要加上带圈字符的文字前面。

② 单击 开始 > 字体 > 带圈字符 命令。

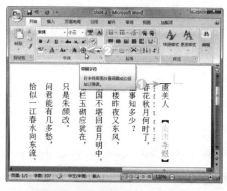

③ 出现 带圈字符 对话框，选择一种样式。

④ 在 圈号 的 文字 列表里选择现有字符，或自行输入。

　　○ 自行输入

⑤ 在 圈号 列表中选择一种符号。

⑥ 单击 确定 按钮。

　　● 加上圈号的字符

提示

带圈字符 也可以直接从文件中选择单个文字来设置。

　　若要取消 带圈字符 的设置，先选择已设置的字符后，再进入 带圈字符 对话框，选择 无 的样式，此时该字符会恢复成未加符号的一般文字。

4-2-3　纵横混排

对于中文竖排的文件来说，纵横混排 是解决多字并排显示的最好方法。

① 选择要处理的数字部分。

② 单击 开始 > 段落 > 中文版式 > 纵横混排 命令。

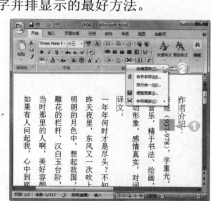

③ 出现 纵横混排 对话框。

● 默认即勾选 适应行宽 复选框

④ 单击 确定 按钮。

⑤ 重复上述步骤，对其他数字也作同样处理。

　　◎ 纵横混排

　　同样的，要删除 纵横混排 的设置，先选择该文字后进入 纵横混排 对话框，单击 删除(R) 按钮。

利用 复制格式 命令，可以快速地将 纵横混排 格式重复套用在其他字符上，复制格式 命令的操作方式可参考 6-1 节。

4-2-4　合并字符

　　合并字符 可以将选择的字符排成两列，不过，选择的字符数最多为 6 个，而且只能排成两列。

① 选择要合并的字符。

② 单击 开始 > 段落 > 中文版式 > 合并字符 命令。

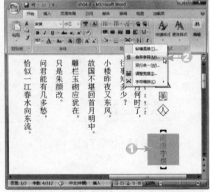

③ 出现 合并字符 对话框，从 字体 下拉列表中选择需要的字体。

④ 选择字的 字号。

⑤ 单击 确定 按钮。

○ 字符颜色会统一

如果要删除 合并字符 的设置，则重复步骤 1 ～ 3 后单击 删除(R) 按钮即可。经过删除合并的字符会失去原有的格式设置。

4-2-5　双行合一

和 合并字符 类似的功能是 双行合一，它也可以使字符串排成两列，而且字符数可以多达 244 个；要并列的字符串，除了可以直接从文件中选择外，也可以在对话框中自行输入。Word 会自动计算要并列的字符串数目，并均分成左右两列。

1 选择要并列的文字范围。

2 单击 开始 > 段落 > 中文版式 > 双行合一 命令。

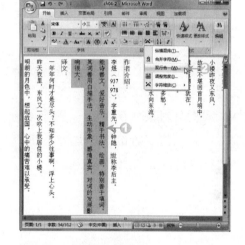

3 出现 双行合一 对话框。

　● 在 文字 框里会出现选择的文字内容

　● 在 预览 框中可看到并列的结果

4 视需要勾选 带括号 复选框。

5 接着可以选择 括号样式。

6 单击 确定 按钮。

　○ 文字并列后的情况

提示

如果觉得并列后的字符太小或是想改变字体格式，可以选择此并列文字后加以调整。

○ 经过放大及格式化字符处理的并列文字

删除双行合一的操作与其他中文版式的处理相同，选择文字后再执行 双行合一 命令，单击 删除(R) 按钮即可。

4-3 进一步设置字符格式

4-1 节中介绍了一些常用的字符格式设置，有时为了文件整体的美观与可读性，我们会对某些字符做一些特殊的处理，例如：将字符的字距加宽、垂直位移调整或是将段落的首字下沉！

4-3-1 丰富的颜色设置

Office 2007 中对于颜色的设置有了一些改变，当要设置与颜色有关的选项时，可以打开颜色列表，其中包含了十种不同的 主题颜色，每种颜色还有五种不同深浅的色调，以及十种 标准色。

- ● 背景1
- ◐ 文字1
- ● 背景2
- ◑ 文字2
- ● 强调文字颜色1～6

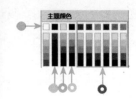

主题颜色

如果颜色列表中没有想设置的颜色，可单击 其他颜色 命令打开 颜色 对话框，指定其他颜色。

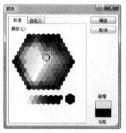

● 可指定三原色的值

指定的颜色会出现在 最近使用的颜色 区域中，以方便后续工作时可以重复指定相同的颜色。

● 列在 最近使用的颜色 中的自
定义颜色，会在结束Word使用
后自动删除

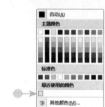

4-3-2　字符的垂直位移与字距

字符与字符之间的距离称为"字距"，通常在 Word 文件中是自动产生的，但是我们可以手动来增加或压缩间距，使文件更容易阅读，或是制造特殊的版面效果。

✂ 字符间距调整

一般想改变字符间距时，都会习惯性地按下 空白键 ，事实上，使用 Word 所具备的命令来执行才是比较正确的做法。

① 先选择要改变字符间距的文字范围。

② 单击 开始 > 字体 > 字体对话框启动
器。

③ 打开 字体 对话框，切换到 字符间
距 选项卡。

④ 间距 选择 加宽。

⑤ 磅值 输入或选择 1.2 磅。

⑥ 单击 确定 按钮。

● 字符加宽间距的段落

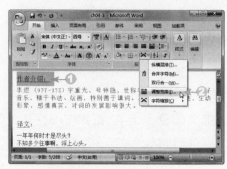

调整宽度

除了用上述方式调整字符间距外，有时候为了突出某些字符的重要性，可以直接指定这些字符串，该占用多少文字的宽度。

1 选择要设置的文字范围，但不要包含段落标记。

2 单击 开始 > 段落 > 分散对齐 命令或单击 开始 > 段落 > 中文版式 > 调整宽度 命令。

3 出现 调整宽度 对话框，在 新文字宽度 框中输入或选择 10。

4 单击 确定 按钮。

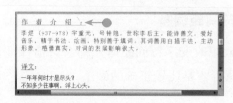

● 调整结果

要删除此项设置，重复步骤 1 ~ 2，并单击 删除(R) 按钮还原。

调整位移

针对部分字符要调整其基线的位移，可以利用下列方式来调整：

1 选择要设置的字符。

2 单击 开始 > 字体 > 字体对话框启动器。

③ 打开 字体 对话框，选择 字符间距
选项卡。

④ 位置 选择 提升。

⑤ 磅值 输入或选择 6。

⑥ 单击 [确定] 按钮。

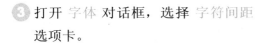

● 提升
○ 降低

✂ 上标及下标

除了以提升、降低来调整字符的垂直距离外，使用 上标、下标 功能也可以将字符移位，尤其适合输入数学表达式。

① 选择要设置的字符。

② 单击 开始 > 字体 > 字体对话框启动器。

③ 切换到 字体 选项卡。

④ 在 效果 中勾选 上标。

⑤ 单击 [确定] 按钮。

○ 上标的字符

⑥ 接着将 "B2" 的 "2" 选择后，执行 [Ctrl] + [Y]（重复 命令）快捷键完成设置。

● 上标
● 下标
● 提升
○ 降低

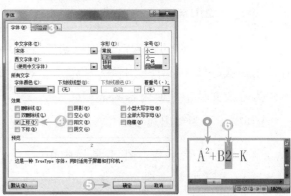

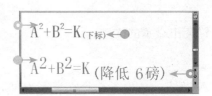

> **提示**
>
> 上标、下标 设置的字符大小会自动缩小；而 提升、降低 设置的字符大小则不会改变。

4-3-3 字符缩放的调整

调整字符缩放可以让选择的字符"变胖"或"变瘦"，许多专业排版人士经常会用到，经过适当的设置，可以增加文件的可读性。

1 选择要设置的字符范围。

2 单击 开始 > 段落 > 中文版式 命令，从列表中选择一种现有的比例。

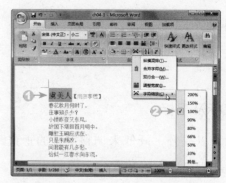

- ○ 字符缩放 100%
- ● 字符缩放 200%
- ○ 字符缩放 50%

选择 其他 命令可以进入 字体 对话框的 字符间距 选项卡，可以自定义缩放比例值。

4-3-4 突出显示文本

文本突出颜色 的设置可以用来标示文件中重要的文字内容，非常适合在线查看文件时使用，就好像在书本上用萤光笔标示重点的作用一样。另一个设置的目的，则是日后可以作为寻找文件中重要内容的依据。

1 选择要标示为突出显示的文字范围。

2 浮动工具栏 会显现，在工具栏中单击 以不同颜色突出显示文本 按钮。

3 从打开的列表中选择要使用的颜色。

- ● 设置突出显示的文字

另一种做法，是先不选择范围，从 以不同颜色突出显示文本 列表中指定一种颜色，此时鼠标光标呈现"笔"的形状，再在文件中以"画重点"的方式，在文字上拖动加入突

出显示，结束时按 Esc 键。

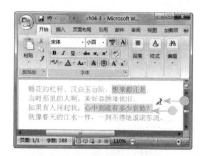

- 光标呈现笔的形状
- 拖动反白文字范围成为突出显示

要清除突出显示颜色，可在选择范围后，将突出显示颜色设置为 无颜色；或是先选择 无颜色 后，再拖动删除已设置的文字。

 提示

不想在屏幕上或打印文件时显示这种反白标示效果，可在 Word 选项 对话框的 显示 选项卡，取消勾选 页面显示选项 中的 显示突出显示标记 复选框。

4-3-5　更改大小写

在处理英文书信时，常常有许多地方需要执行大小写的转换，使用 Word 的 更改大小写 命令可以节省设置的时间。

① 选择要转换的文字。

② 单击 开始 > 字体 > 更改大小写 命令。

③ 从列表中选择要设置的选项。

- 选择不同的命令所对应的结果

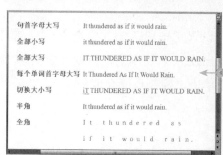

句首字母大写	It thundered as if it would rain.
全部小写	it thundered as if it would rain.
全部大写	IT THUNDERED AS IF IT WOULD RAIN.
每个单词首字母大写	It Thundered As If It Would Rain.
切换大小写	iT THUNDERED AS IF IT WOULD RAIN.
半角	It thundered as if it would rain.
全角	It thundered as if it would rain.

提示

> 快速变换字符大小写的方法是将文字选择后，按 Shift ＋ F3 键来切换选择，直到需要的格式出现。

4-3-6　首字下沉

首字下沉 的格式设置常见于杂志、期刊的版面文件，在 Word 文件中，我们可以针对插入点所在段落的第一个字符来放大处理。

① 将插入点放在要首字下沉的段落任意处。

② 单击 插入 > 文字 > 首字下沉 命令。

③ 从列表中选择一种格式。

　　○ 下沉效果　　　　　　　　　　　　　○ 悬挂效果

 提示

> 若选择 首字下沉选项 命令，可打开 首字下沉 对话框，进一步指定 字体、下沉行数，以及 距正文 距离。

设置完毕段落的首字会下沉，而且周围出现八个控制点，只要在文件其他位置单击，控制点就会消失。

若要取消首字下沉，重复步骤 1 ～ 2，从打开的列表中选择 无。

段落格式设置

通常我们形容Word文本的格式化，可以分为"点、线、面"三个阶段。字符格式设置是"点"；段落格式设置为"线"；样式的使用则为"面"。了解这三个阶段所代表的含义，就可以有效地格式化文件，并轻松达成文件一致性的目的。

05

Chapter

5-1 段落格式的基本设置

段落是由"字符"所组成，当多个字符聚集在一起时形成了"行"，行再组织成"段落"，因此如何将段落适当的呈现出来，会影响整个文件的外观。

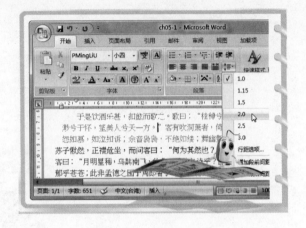

5-1-1 认识段落

我们已经知道，只要有 段落标记"↵"（按 Enter 键产生），不管文本内容是一行、多行、甚至只有一个字，都可以算是一个段落。字符的格式设置是以"字符"为单位，而段落的格式设置则以"段落"为单位，因此将文件中的 段落标记 显示出来，可以避免误操作。而该段落的所有段落格式设置，也会存储在这个 段落标记 中。单击 开始 > 段落 > 显示 / 隐藏 命令，可以切换段落标记的显示与否。

- 段落标记

- 手动分行符号

要判断哪些格式设置属于段落格式有一个好方法，在设置格式时，如果插入点所在的段落 (或选择了多个段落) 会有一致的影响，那这个设置就属于段落格式，从本章的介绍与实际操作中慢慢的体会。

> 手动分行符号"↓"是按 Shift + Enter 键所产生，也称为 强制分行符号，它可以使插入点之后的字符移至下一行的起始位置。经过分行的内容仍属于同一个段落，因此会保有该段落的格式设置。

大部分的段落格式，可以从 开始 > 段落 功能区设置，进入 段落 对话框中则可以精确设置各种段落格式；当然也可以通过 浮动工具栏 或 快捷菜单 来执行。对于段落的缩进及制表位设置，使用水平标尺是最简单的做法。

5-1-2 段落对齐方式

当打开一份空白的新文档，输入文本内容时，默认的对齐方式是 左对齐，因此所有文本段落都会向左对齐，通过 段落 功能区可以快速地改变段落的对齐方式。

1 将插入点置于要更改对齐方式的段落任意处 (或选择要同时设置的多个段落)。

2 从 开始 > 段落 功能区中选择对齐的方式。

- 居中对齐
- 左对齐
- 右对齐
- 分散对齐
- 两端对齐

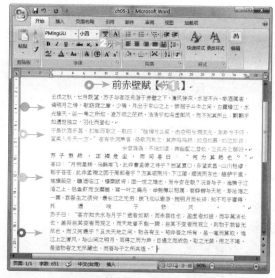

Word 默认的段落长度，通常与文件区的宽度相同，因此版面的左右边界也就等于段落的左右边界。可以在 Word 选项 > 高级 > 显示文档内容 中勾选 显示正文边框 及 显示裁剪标记 复选框，可以更清楚看到段落边界与文件版面的关系。

- 裁剪标记

- 文本范围

Word 处理段落对齐方式的原则为：

◆ 左对齐：将段落中的每一行都对齐左边界，因此右边可能会不齐。

◆ 居中：段落中的每一行都依段落左右边界间的中心位置对齐，最常用于标题。

◆ 右对齐：将段落中每一行都右对齐边界，则左边可能会不齐。通常英文信件右上角的日期及住址皆采用此对齐方式。

◆ 两端对齐：会考虑左右两边的边界，自动地调整每行的字距，此种对齐方式会使字距不同，但左右两边都会对齐；最后一行采用左对齐，是最常用于中文文件中的段落对齐方式。

◆ 分散对齐：是将段落中的每一行 (包括最后一行)，依据段落左右边界作均匀分散对齐。

5-1-3　段落的缩进

　　对段落内容做缩进处理，主要是让文件的段落看起来更明显。一般我们提到缩进时，可能会想到中文书信中常见的首行空两个字 (可不是按 2 次空格键)。事实上除了首行可缩进外，段落的左、右边界也可以缩进。使用标尺来操作是最方便的方式，但是首先要认识标尺上的几个符号所代表的意义。单击窗口垂直滚动条上方的 查看标尺 钮将标尺显示出来。

- 首行缩进
- 悬挂缩进
- 左缩进
- 右缩进
- 查看标尺启动钮

 提示

标尺默认的显示单位为 英寸，可以进入 Word 选项 > 高级 > 显示 区域中，设置为其他单位。

- 可以字符宽度为单位

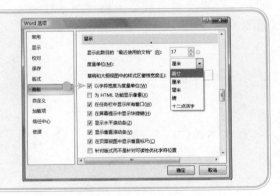

① 将插入点置于要设置的段落上，或选择同时要设置的多个段落。

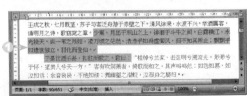

② 拖动标尺上的缩进符号。

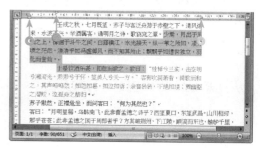

- 首行缩进
- 左缩进
- 右缩进

提示

拖动缩进符号时按住 Alt 键可进行微移，且标尺上会出现尺寸。

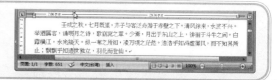

以鼠标在标尺上拖动的缩进结果虽然不是很精确，但却是最快、最方便的方式。如果想得到精确值，在设置时可以进入 段落 对话框中指定。

① 插入点置于段落任意处。

② 单击 开始 > 段落 > 设置段落格式
对话框启动器。

③ 打开 段落 对话框。

④ 在 缩进 区域的 左侧、右侧、特殊
格式 栏中指定缩进值。

⑤ 单击 确定 按钮。

- 缩进结果

5-1-4 段落的间距与行距

字符与字符之间的距离称为"字距"，文件中行与行之间的距离称为"行距"，"间距"则是指段落与段落之间的距离。

1 将插入点置于要设置的段落任意处或选择要同时设置的多个段落。

2 单击 开始 > 段落 > 行距 命令。

3 从打开的列表中选择一个选项。

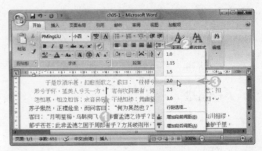

○ 设置2倍的行距

4 选择 增加段前间距 或 增加段后间距 命令，可以快速地增加与段前（或段后）12 磅的距离。

● 再执行一次可删除设置

● 新增12磅的段前间距

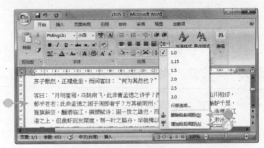

5 若选择 行距选项 命令可以进入 段落 对话框，做精确的设置。

行距或间距的单位默认为 pt（磅），一寸有 72pt；在 行距 的设置中，可以选择以 行 为单位，例如：单倍行距、1.5 倍行距、2 倍行距 及 多倍行距。选择 多倍行距 时，可在右方的 设置值 中指定行数。至于一行有多高呢？视该行中最大的字体大小而定。

当选择了 最小值 时，可以在右边的 设置值 框中指定磅值。如果段落中的字符大小磅值大于此行距值时，Word 会自动调整到足以容纳该字符；若字符大小小于此最小行距值，则仍以此行距值为基本行距。

至于 固定值，顾名思义，就是在 行距 框中指定一个固定值，仍以磅为单位。选择 固定值 后，若字体大小大于行距值，则文本或图形会被裁切掉！此时请改为 最小值！

● 固定制 16pt，字大小 22pt。 　　　　　● 改为最小值后

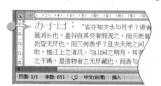 

5-2 边框和底纹

替字符或段落加上边框或底纹，主要是希望能突出部分文本的内容，可以在选择的文本、段落、表格、单元格和图形对象上加上边框，或制作阴影的效果。基本上边框与底纹的设置属于字符或段落的格式，这取决于您是否先选择文本范围，以及套用的对象。

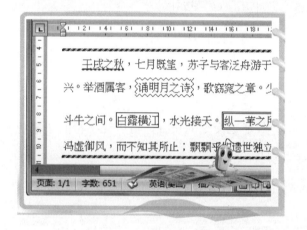

5-2-1 设置边框

在设置字符格式时，可以利用 下划线 命令替字符加上下边框，使用 字符边框 命令则可以为选择的字符四周加上单一线条的边框；针对段落文本的边框，则可以有较多的变化。

① 选择需要加框的文本范围。

● 下划线

● 字符边框

② 单击 开始 > 段落 > 边框 命令。

③ 打开列表，选择 边框和底纹 命令。

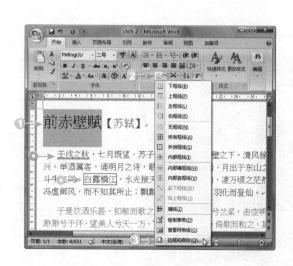

④ 打开 边框和底纹 对话框，位于 边框 选项卡，选择 阴影。

⑤ 选择一种 样式。

⑥ 从 颜色 列表中选一种颜色。

⑦ 指定宽度。

⑧ 应用于 默认为 文本。

　● 预览 框中会显示格式化的情况

⑨ 单击 确定 按钮。

　○ 字符加边框阴影

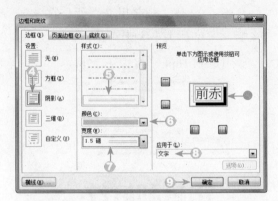

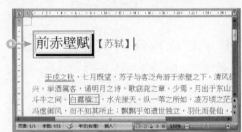

通过命令的设置，可以让字符的边框更有变化！如果是段落设置边框效果，那就更有弹性了。

① 将插入点置于第 2 段任意处。

② 单击 开始 > 段落 > 边框和底纹 命令。

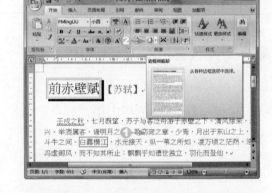

③ 打开 边框和底纹 对话框，位于 边框 选项卡，选择 方框。

④ 选择一种 样式。

⑤ 从 颜色 列表中选一种颜色。

⑥ 指定宽度。

⑦ 在 预览 框中单击按钮，将左、右两侧的框线取消。

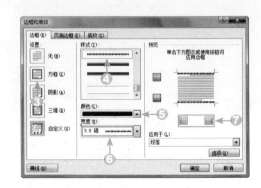

⑧ 应用于 默认为 段落。

⑨ 再单击 选项(O)... 按钮。

⑩ 打开 边框和底纹选项 对话框，设置文本与上、下边框的距离。

⑪ 单击 确定 按钮。

⑫ 再单击 确定 按钮。

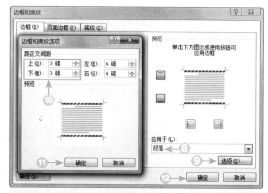

● 段落上下加边框的效果

 提示

当选择的文本范围中包含了数个段落时，对话框中的 预览 框会多出一个按钮。

○ 选择范围含一个以上的段落时会多出这个按钮

○ 可设置不同样式的边框

对话框中还有一个 横线(H)... 钮，单击后可进入 横线 对话框，可以选择不同的横线条来美化文件！

● 可再导入其他横线

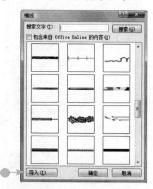

● 加入横线

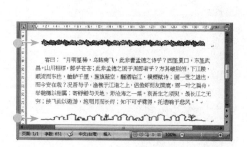

○ 段落加框后，段落内的文本也可
   以再加框。

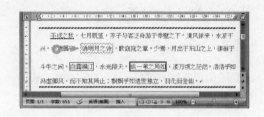

5-2-2　设置底纹

　　适当的底纹设置，可以突出文件内容的重要部分，例如演示文稿中的标题。执行 开始＞字体＞字符底纹 命令可以快速地为选择的字符加上灰色的底纹。

○ 15%灰的底纹

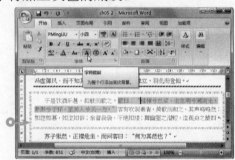

　　与边框的设置一样，也可以针对部分字符或段落来设置。

❶ 选择要加上底纹的文本范围，或将
   插入点置于此段落。

❷ 单击 开始＞段落＞底纹 命令。

❸ 从列表中选择一种颜色，可立即预
   览设置效果。

❹ 单击 开始＞段落＞边框和底纹 命
   令则出现对话框。

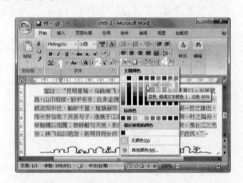

❺ 单击 底纹 选项卡。

❻ 选择 填充 颜色。

❼ 选择 样式。

❽ 再选择 颜色。

❾ 应用于 默认为 段落。

❿ 单击 确定 按钮。

　　● 段落加上底纹

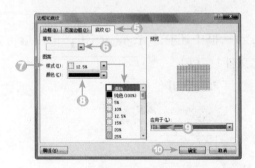

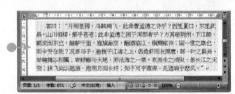

提示

一般我们将 填充 区的颜色视为"背景色"，图案 区的设置则视为"前景色"。

段落的底纹，会从段落的 左缩进 开始延伸到 右缩进 为止。加上底纹后会影响字的清晰度，因此要考虑颜色的明暗对比度，并建议字体小时，选用较小百分比和密度的图案，或对文本加粗，以使阅读更加容易。

5-3 制表位的使用

制表位 的使用，在 Word 中是一项很重要又很基本的操作，为什么要使用制表位呢？从字义上可以判断它与文本的"定位"有关。虽然段落的对齐方式可以由 对齐 命令来控制，但是如果文件中的某些字符串，需要定位于标尺上的某个位置时，就必须使用 制表位 了！

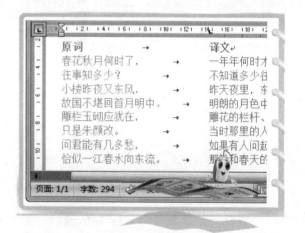

5-3-1 认识制表位的种类

Word 中共有 5 种制表位，主要以 对齐方式 来区别，打开 段落 对话框后，按 制表位(T)... 钮打开 制表位 对话框，就可以看到制表位的类型。

● 单击此钮

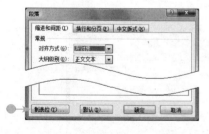

● 5 种制表位

默认制表位 为每 2 字符一个，可以在标尺下边 (灰色部分) 看到每隔一段距离就有一个点，那就是默认的制表位，这个默认值可以在 制表位 对话框中修改。

提示

先按 查看标尺 按钮，将标尺显示出来。

● 查看标尺 按钮

◗ 默认制表位

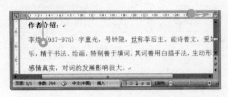

◗ 左对齐制表位

◗ 右对齐制表位

● 小数点对齐

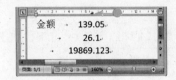

◗ 居中制表位

◗ 竖线对齐

　　当设置完制表位，并按下 Tab 键时，插入点会跳到下一个制表位，而 制表符 (定位符号) 会填充之间的空白；当启动 显示 / 隐藏 命令时，便会看到 "→" 的符号，这就是 制表符，它也是非打印字符的一员，因此默认是不会打印出来的。

　　如果在 制表位 对话框中，选择使用 前导符，则在按下 Tab 键时，前导符 便会替换 制表符 来填充空间。

◗ 设置包含前导符的制表位

◗ 五种前导符

　　对制表位有了基本认识后，接下来可以开始进行设置。

5-3-2　设置制表位

　　使用制表位有几个步骤是要熟记的：

1 将插入点置于要设置的段落上，或选择多个段落。

2 选择要使用哪一种制表位：左对齐、居中、右对齐或小数点对齐。每单击一次 制表位对齐方式 按钮，就会出现不同的种类，直到需要的种类出现。

3 以鼠标单击方式，在标尺上设置制表位。

4 将插入点移至要使用制表位对齐的字符串之前。

5 按 Tab 键移至定位处 (若是在表格中使用制表位，则按 Ctrl ＋ Tab 键！)

　　掌握上面的几个重要步骤，便能随心所欲地使用制表位了！

● 以制表位对齐的段落

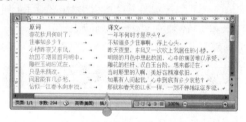

　　自行设置制表位最快速的方式是使用标尺。不过，如果要加上有 前导符 的制表位，那么步骤 2、3 就要改为进入 制表位 对话框中设置。

1 输入制表位的位置。

2 选择 对齐方式。

3 选择 前导符。

4 单击 设置(S) 按钮。

5 单击 确定 按钮。

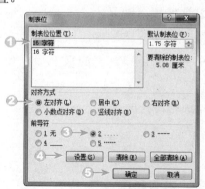

○ 使用前导符的制表位

设置时可使用的度量单位有 磅 (pt)、厘米 (cm)、英寸 (in) 和 行 (li)，也可以不输入单位，Word 会采用默认的单位。制表位设置好之后，如果需要调整设置的位置，可以用鼠标直接拖动制表符来改变。

● 拖动

● 结果

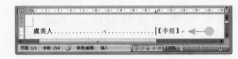

如果文件中有许多段落都会用相同的制表位，可以先设置好第一段的制表位，当按下 Enter 键另起新段落时，Word 会将前一段的格式复制到下一段中。若经常使用相同的制表位设置，可把这些设置存到 样式 中，方便日后应用到其他文件。

提示

● 拖动制表位时可按住 Alt 键微移，这时标尺上会出现尺寸！

● 要清除标尺上的自定义制表位时，可直接将制表位用鼠标拖动到标尺外，或是进入 制表位 对话框中单击 清除(E) 按钮或 全部清除(A) 按钮（可在制表位上双击即可进入对话框）。但别忘了，文件中按 Tab 键所产生的制表符必须在选择后删除！

● 拖动时按住 Alt 键

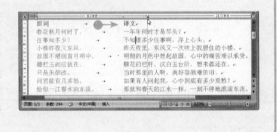

5-4 项目符号与项目编号

当文件中的段落有条列式的正文时，替段落编号可以增加文件的易读性。如果自己替这些段落编号，除了替段落缩进外，还会常常弄错顺序，或是因内容增、删而需从头编排，真的很麻烦！使用 Word 的 项目符号 与 编号 功能，可以有效率地将段落做编排。

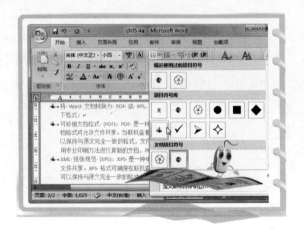

5-4-1 设置段落编号

使用 编号 命令替段落编号后，当按下 Enter 键另起新段落时，Word 会自动接着上一段落的列表格式。当移动、加入或删除了某段内容时，Word 也会自动重新编号。

1 选择要编号的段落，或将插入点置于段落中任意处。

2 单击 开始 > 段落 > 编号 命令旁的箭头。

3 从打开的 编号库 列表中，预览每种样式的结果，并选择一种样式套用。

4 选择 定义新编号格式 命令。

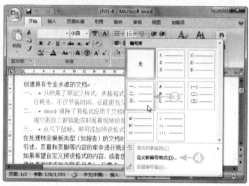

5 打开 定义新编号格式 对话框。

6 从 编号样式 下拉列表选择一种样式。

7 在 编号格式 的数字（有阴影）前后加上括号"( )"，并将"."删除。

8 选择对齐方式。

● 按此钮设置字体

9 单击 确定 按钮。

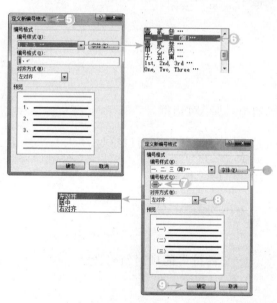

● 自定义编号格式

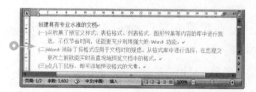

5-4-2 **设置项目符号**

项目符号 的设置方式与 编号 类似，除了使用符号外，还可以用图片作为项目符号！

1 选择要设置项目符号的段落，或将
插入点置于段落中任意处。

2 单击 开始 > 段落 > 项目符号 命令
旁的箭头。

3 从打开的 项目符号库 列表中，预
览每种样式的结果，并选择一种
套用。

● 立即预览套用结果

4 选择 定义新项目符号 命令。

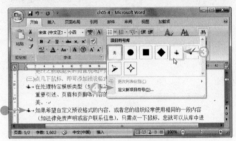

5 打开 定义新项目符号 对话框。

6 单击 符号(S)... 按钮。

7 打开 符号 对话框。

8 选择一种符号作为项目符号。

9 单击 确定 按钮。

10 再单击 确定 按钮。

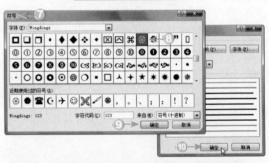

● 定义新符号的项目符号段落

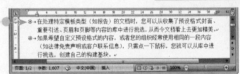

在步骤 6 单击 图片(P)... 按钮则打开 图片项目符号 对话框，可以选择一种图片作为项目
符号。

1 选择一种图片。

2 单击 确定 按钮。

○ 可输入关键字搜索图片

以图片作为项目符号

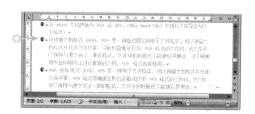

提示

经选用后的项目会出现在列表中，方便重复设置。

● 最近使用过的项目符号

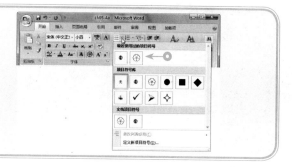

5-4-3　列表的中断、接续与修改

如果要在一个已加上编号的列表中，从某个段落开始重新编号时：

1 将插入点移至要开始重新编号的列表项目的段落任意处。

2 右击显示快捷菜单，单击 重新开始于 命令。

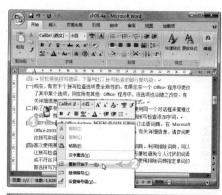

● 此时原来的列表将分成两个独立的列表，并各自编号

提示

也可以执行 开始 > 段落 > 编号 > 设置编号值 命令，在 起始编号 对话框中指定 值设置为 "1"。

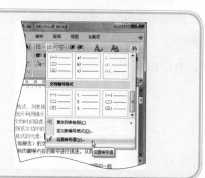

如果是要再接着编号，则依上述步骤 1 ～ 2，选择 继续编号 命令，这样编号就会接下去。若只是想从列表中删除某项目的编号或项目符号设置时，可单击 段落 功能区上的 编号 或 项目符号 命令将设置删除，Word 便会自动修改后续段落编号。

- 插入点在此段落
- 删除设置
- 列表会重新编号

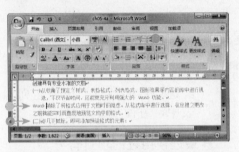

　　更改编号或项目符号列表的格式：

① 将插入点置于列表中任意处。

② 单击 编号 或 项目符号 命令。

③ 从打开的列表中，重新选择一种格式来更换。

- 列表会同步更新

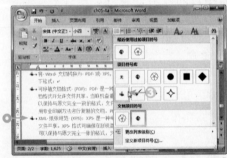

5-5 多级列表

　　默认替段落列表编号时，所有段落都属于同一个级别；但是有些比较复杂的段落，彼此还有从属关系，因此往往需要以 多级列表 的方式表现，让段落正文的结构更明确易读。

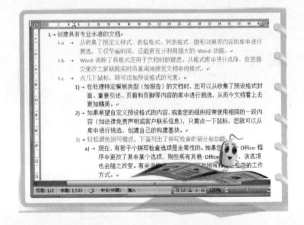

● 多级列表的表现方式

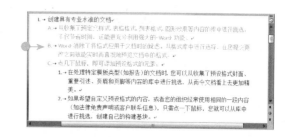

5-5-1　套用现有列表

Word 提供了多种列表样式，可以直接从 列表库 中套用到选择的段落。

1 选择要套用列表的段落。

2 单击 开始 > 段落 > 多级列表 命令。

3 从打开的 列表库 中选择一种样式。

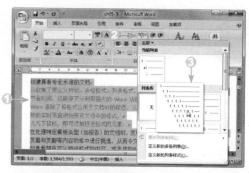

4 所有的段落会先套用"第一级别"的编号列表。

5 选择要更改级别的段落。

6 单击 开始 > 段落 > 多级列表 命令。

7 从打开的列表选择 更改列表级别 命令。

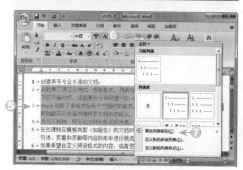

8 再从打开的次列表中选择正确的段落级别数。

　● 套用"2级"的段落

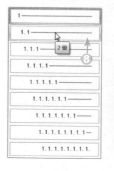

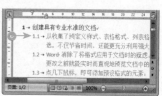

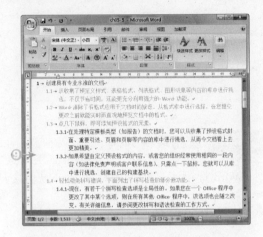

⑨ 重复步骤 5 ～ 8，将所有编号的段
落调整为适当级别的多级列表。

提示

指定级别也可以通过 编号
命令来执行。

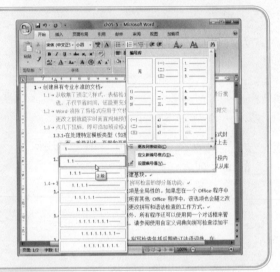

5-5-2 **输入的同时套用列表**

如果是段落内容尚未产生，则可以在输入文本的同时指定列表编号。

① 从新段落开始，先选择一种列表
样式。

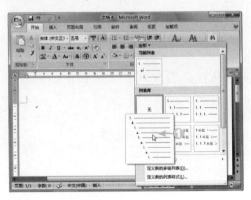

② 开始依序将列表内容输入。

③ 按下 Enter 键后，出现下一段落的列表
编号。

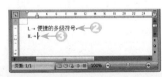

④ 若级别数不正确，可按 Tab 键或选择
段落 > 增加缩进 命令，使级别向
下减少；每按一次就减少一级别。

● 往下一级

⑤ 继续输入内容。

⑥ 若段落级别需往上升级，则按
Shift + Tab 键或 段落 > 减少缩进 命
令，使级别向上增加；每按一次
就增加一级别。

● 往上一级

⑦ 重复上述步骤即可创建多级列表
的段落。

5-5-3 定义新的多级列表

如果现有的多级列表样式无法满足文件的需求，还可以自定义所需的列表。

① 先选择 列表库 中一种比较接近的
列表。

② 接着选择 定义新的多级列表 命令。

③ 打开 定义新多级列表 对话框。

④ 选择要修改的级别，例如：2。

⑤ 选择包含 级别 1 的级别编号。

⑥ 在两个级别数字中间加上 "－" (注
意！不要将有阴影的数字删除)。

● 调整时 预览 框中会立即呈现设置的
情况

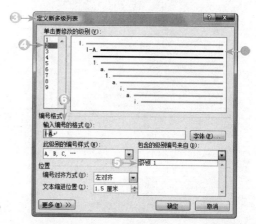

⑦ 编号格式 中会显示该级别的格式设置和编号样式；可以修改编号样式。

　◉ 可以单击此按钮指定字体

⑧ 在 位置 区域调整编号对齐方式和缩进。

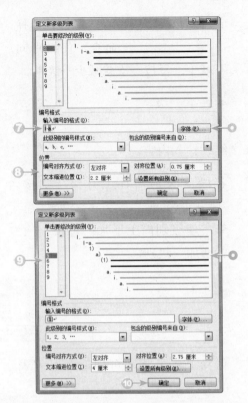

⑨ 重复上述步骤，修改各级别的设置值。

　◉ 共修改了5个级别

⑩ 单击 确定 按钮。

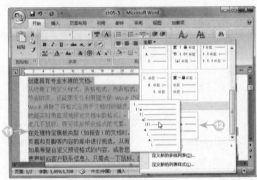

⑪ 选择要套用新列表的段落。

⑫ 从列表中选择新增的列表样式来套用，其会出现在 当前的列表 和 当前文档中的列表 中。

⑬ 再依前面小节介绍的方法，调整列表段落的正确级别数。

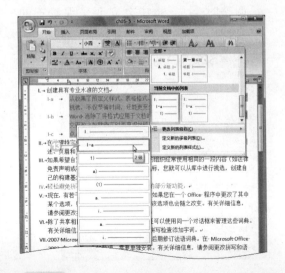

● 套用结果

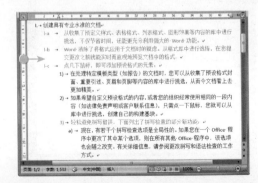

06
Chapter

格式效率的专家
——使用样式

想要快速设置文件格式，并且兼顾文件的一致性，那么就不能不知道样式的功能。新版的Word特别注重文件整体的效果，应用样式库可以让文件的美化过程变得更加容易。

6-1 复制与清除格式

同一份文件中有一些字符或段落的格式设置都相同时，若重复设置会很浪费时间。Word 提供了一些快速的方法，可以节省重复设置的时间。

6-1-1 范例与操作

举例来说，在格式完某一个字符串后，执行 Ctrl＋Y 快捷键，便会在新的选择范围重复前一个步骤设置的格式。使用 开始→剪贴板→格式刷 功能区命令，可以快速将某字符或段落的格式，应用在其他的文字段落。

复制字符格式

① 选择包含要复制的格式在内的文字。

② 从 浮动工具栏 上单击 格式刷 按钮，或选择 开始→剪贴板→格式刷 命令。

③ 当光标呈 I 形，且旁边还多了一支刷子 ▲I 时，开始拖动要设置的文字范围。

④ 放开鼠标后即可完成设置。

若双击 格式刷 命令，则可以重复复制格式，让您连续在不同位置重复格式设置；完成设置后，再执行一次 格式刷 命令或按 Esc 键，鼠标才会还原为正常形状。

复制段落格式

由于段落格式的设置会存储在 段落标记 中，因此复制 段落标记 ，便可以重复该段落的格式设置。

① 选择要复制段落格式的段落标记。

　● 此段落格式设置为 居中 对齐

② 选择 开始→剪贴板→格式刷 命令。

③ 单击要设置格式的段落标记。

　● 设置编号且 靠左 对齐的段落格式

　◎ 变成 居中 对齐的段落格式

　　经过上面的操作，相信您更加了解复制字符格式与复制段落格式的差异。而最重要的一点，是可以省去很多重复设置格式的时间！

✂ 清除格式设置

　　对于已设置了格式的字符或段落，如果想将格式清除，可以使用 字体→清除格式 命令还原为默认的格式。操作时请特别留意，只清除字符格式和清除包含段落格式的方式有些不同。只清除字符格式时要选择字符范围。

① 选择要清除格式的字符范围。

② 选择 开始→字体→清除格式 命令。

　● 清除的结果

③ 将插入点放在要清除包含字符及段落格式的段落任意处，或选择数个段落。

④ 选择 开始→字体→清除格式 命令。

　◎ 清除的结果

6-2 使用快速样式

Word 2007 非常强调让用户减少格式化文件的时间，"快速样式"便是在这种前提下产生的功能，期望以最有效率的方式，达到美化文件的目的。

6-2-1 样式的种类

在开始应用样式之前，首先必须对样式有基本的认识；事实上，样式在 Word 中属于"元老级"的功能，只是在 Word 2007 中对使用做了一些改变。所谓的"样式"，简单讲就是 一组已命名字符和段落格式的组合 。当对其他文字指定相同名称的样式时，这些文字将会具有此格式。总的来说，使用样式具有以下优点：

◆ 可以节省设置各类文件所需的时间，尤其是制作报告等长文件。

◆ 使用样式有助于确保格式的一致性。若有一份包含多文件的计划，或是一篇很长的文件，样式的使用能确保各文件之间的一致性。

◆ 使文件的变动更容易；只需更改样式的定义，就能一次改变所有应用相同样式的段落格式。

◆ 使用简单，只要从列表中选择，便能完成文件的格式设置。

在 Word 中可以建立与应用多种不同的样式类型。本章将介绍字符与段落样式，它们之间的差异在于，设置格式的目标不同，可能是针对字符、段落或二者皆有。从 样式 任务窗格的列表中，可以通过符号轻易辨识这几种不同的样式。

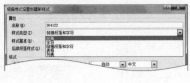

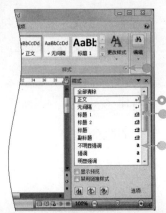

● 单击 对话框启动器

● 字符样式

◦ 段落样式

● 链接的段落与字符

◆ 字符样式：一组字符格式的组合，可以应用在选择的字符。

◆ 段落样式：一组段落格式的组合，可以应用在选择的段落。

事实上，Word 对文件内的许多组件，如正文、标题、脚注、页眉和页脚、目录等，事先准备好了标准样式，这些样式可适用于大多数类型的文件；当然，如果有必要也可以重新定义它们的格式。每个段落都会应用一种样式，默认为"正文"样式，当打开以"Normal"为模板的新文件时，每个新段落默认都会应用该样式；因此当执行 清除格式 命令后，段落就会还原为使用"正文"样式。

6-2-2　应用快速样式

了解样式的种类和特性后，首先来看看如何快速应用现有的样式。快速样式库中默认有许多样式可供您快速应用，还可以自定义快速样式，并存储在作用中文件或模板中，供日后使用。

① 打开一份尚未格式化的文件，将插入点放在段落的任意处。

② 选择 开始→样式→其他 按钮。

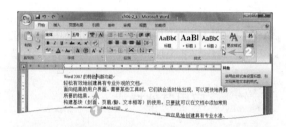

③ 打开列表，目前是在 正文 样式。

④ 利用立即预览的特性，可以浏览不同样式设置的结果，再选择适合的样式应用，例如：标题 2。

 提示　由于步骤 1 中插入点放在段落任意处，并未选择字符，因此快速样式库中仅对段落和链接的样式有反应。

⑤ 再选择文字范围（可包含段落标记）。

⑥ 重复步骤 2，选用一种包含字符格
式的样式应用。

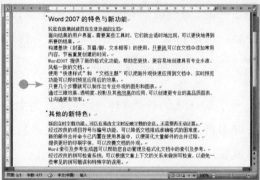

⑦ 重复上述步骤，快速格式化文件。

● 格式化的结果

提示 默认的快速样式不只列表中所列的，其他的样式默认是隐藏的；如何显示其他
默认的快速样式，请参考下一小节。

6-2-3　应用其他样式

　　快速样式库中显示的样式并不是 Word 提供的所有样式。如果想应用的默认样式未出
现在样式库中，您可以：

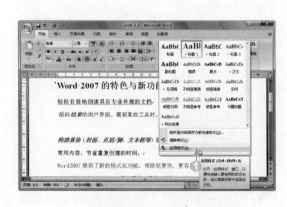

① 打开样式库列表，选择 应用样式
命令。

② 出现 应用样式 任务窗格。

③ 在 样式名 中输入要使用的样式名
称，或打开下拉列表从中选择。

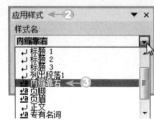

- 单击 修改... 按钮可打开 修改样式 对话框，进行样式更改
- 单击 样式 按钮打开 样式 任务窗格
- 样式 任务窗格

应用样式 任务窗格可以常驻在窗口中，方便随时应用；可以在标题栏上双击，将窗格固定在窗口。

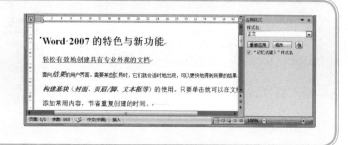

勾选 "记忆式键入" 样式名 复选框，可以在输入样式名称时，自动显示完整的样式名称。例如：输入 "专有" 按 Enter 键，即自动出现完整的样式名称 "专有名词"。

- 输入部分样式名称后按 Enter 键
- 会出现完整样式名称

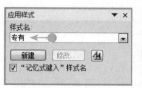

6-3 自定义快速样式

除了现有样式库中的快速样式外，也可以将常用的格式设置新增为快速样式，方便日后直接从样式库列表中单击应用。

6-3-1 新增字符快速样式

不管是字符或段落样式，新增的方法都相同，只是所设置的格式是属于字符或段落的差异，以及设置前是否先选择范围。

① 先将文字格式化。

② 在已格式化的范围右击。

③ 从快捷菜单中选择 样式→将所选内容保存为新快速样式 命令。

④ 出现 根据格式设置创建新样式 对话框。

⑤ 输入新样式的 名称。

⑥ 单击 修改(M)... 按钮。

⑦ 打开对话框，可以看到新增样式的类型与样式基准。

⑧ 从 样式类型 下拉列表中改为字符。

● 默认会加入快速样式列表中

◦ 新增的样式默认会存储在此文档中

⑨ 接着若要修改格式，可单击 格式(O) ▾ 按钮打开列表进行更改。

⑩ 单击 确定 按钮。

⑪ 接着可以将新样式应用到其他的文字范围。

● 应用自定义字符快速样式

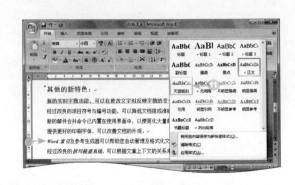

6-3-2　新增段落快速样式

段落样式的新增方式很相似，设置时也可以包含字符格式。

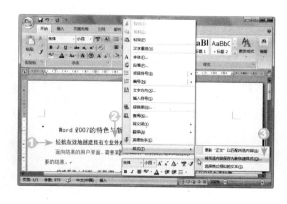

1️⃣ 先将段落格式化。

2️⃣ 在已格式化的范围右击。

3️⃣ 从快捷菜单中选择 样式→将所选内容保存为新快速样式 命令。

4️⃣ 出现 根据格式设置创建新样式 对话框。

5️⃣ 输入新样式的 名称。

6️⃣ 单击 修改(M)... 按钮。

7️⃣ 打开对话框，可以看到新增样式的类型与样式基准。

8️⃣ 从 样式类型 下拉列表中改为 段落。

9️⃣ 接着若要修改格式，可进行更改。

🔟 单击 确定 按钮。

1️⃣1️⃣ 接着可以将新样式应用在其他段落。

● 应用自定义段落快速样式的结果

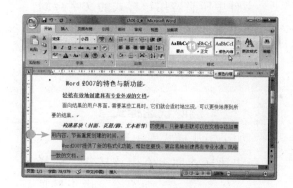

6-3-3　更改快速样式

对于新增快速样式的格式，也可以选用以下几种方式来修改。

第一种修改方式

1 在快速样式库中右击要修改的样式。

2 选择 修改 命令。

● 目前文件中应用了该样式的个数

3 打开 修改样式 对话框。

4 进行格式更改。

5 单击 确定 按钮。

6 文件中所有应用该样式的文字会同步更新。

◎ 同步更新的结果

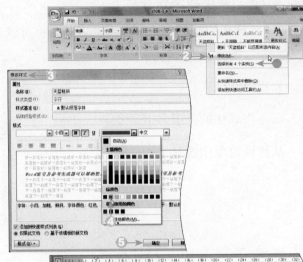

第二种修改方式

1 选择已应用样式的文字。

2 直接进行格式更改。

3 接着在更改范围上右击。

4 选择 样式→更新"天蓝粗斜"以匹配所选内容 命令。

5 文件中所有应用该样式的文字会同步更新。

● 同步更新的结果

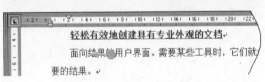

6-3-4 删除快速样式

如果想从样式库中删除快速样式，可在快速样式库上右击该样式，选择 从快速样式库中删除 命令，由于只是将该样式从样式库中删除，并非真的删除了此样式，因此文件中已应用该样式

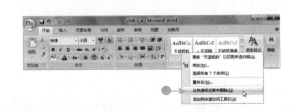

的内容并不会受影响。将 样式 任务窗格打
开，仍然可以看到被删除的样式。

- 从快速样式库中删除
- 样式已从 样式库 中删除
- 仍会显示在样式列表中

提示

若将该快速样式再次显示在快速
样式库中，可从 样式 任务窗格中
单击该样式右侧的箭头，选择 添
加到快速样式库 命令。真正删除
样式，参考 6-4 节的说明。

6-4 样式的管理

当文件中的自定义样式越来越多
时，为了更有效控制文件格式，样式的
管理是必要的。了解几个简单的程序，
可以掌握文件中所有样式的设置。

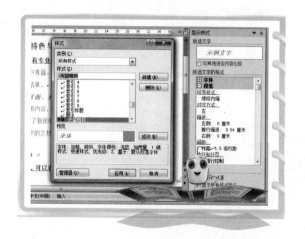

6-4-1 样式检查

在格式化文件的过程中，虽然某段落已应用了"A样式"，但有时候可能为了一时的
方便，会在某些已应用"A样式"的段落上又加上其他的格式，这些格式我们称为"手动
设置的格式"。以后对"A样式"做更改时，理论上所有应用"A样式"的段落都该同步
更新，但偏偏就有些段落出现"异常"现象。可能的原因就是曾经应用过"手动设置的格
式"，此时可利用 样式检查 功能，在这些有异常的段落上找出原因并加以修正。

① 画面中所选的段落都已应用"蓝段项 1"的段落样式，第 1、2 段后来又应用了手动的格式设置。

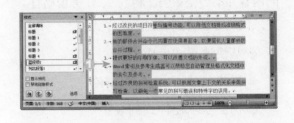

② 接着修改"蓝段项 1"的样式，更改字符颜色及编号方式。会发现第 1、2 段的格式有差异。

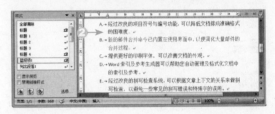

③ 将插入点放在第 1 段中。

④ 从 样式 任务窗格中单击 样式检查器 按钮。

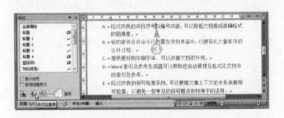

⑤ 打开 样式检查器 任务窗格，从窗格中可以看到 段落格式 有应用额外的格式。

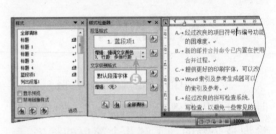

⑥ 单击窗格中的 清除段落格式 按钮，删除段落格式设置。

● 删除段落格式后的结果

⑦ 选择整个段落的文字。

● 目前显示 文字级别格式 有应用增强"强调文字颜色3"

⑧ 单击 清除字符格式 按钮。

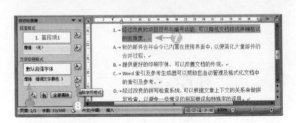

⑨ 第一段的手动格式设置都清除了，完全显示"蓝段项 1"的格式。

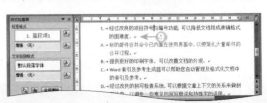

⑩ 插入点移到第 2 段中。

  ● 只加上文字格式

⑪ 选择第 2 段的文字。

⑫ 单击 清除字符格式 按钮清除字符格式。

提示

在 样式检查器 任务窗格上，其他清除格式按钮的功能如右图所示。

  ◗ 将段落重设为一般段落样式

  ◗ 若选择的字符有应用字符样式，可将其删除

  ● 显示格式按钮

  ● 新建样式按钮

  ● 可将选择的段落格式清除为正文样式

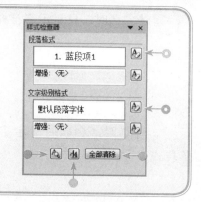

6-4-2 设置显示格式

设置段落格式是一项很基本的操作，不过，每次对文字段落作了适当的格式化后，有时很难一眼判断出到底替段落应用了哪些格式，使用 显示格式 的功能就可以让格式的设置一目了然。Word 可以在任务窗格中清楚地显示插入点所在位置的各种设置内容，还可以直接单击任务窗格中的命令来加以更改。

① 在 样式检查器 任务窗格中单击 显示格式 按钮。

② 打开 显示格式 任务窗格。

③ 将插入点移到想显示格式设置的文字或段落上。

④ 任务窗格中立即显示有关字体、段落的设置内容。

  ● 显示段落格式设置

⑤ 单击加下划线的命令字符串。

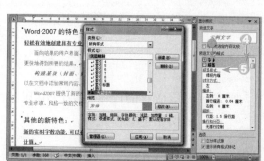

⑥ 打开相关的对话框进行更改。

⑦ 打开 节 ，可以看到与这份文件有
关的版面设置。

勾选 区分样式源 复选框，则当插
入点所在的字符位置有应用字符及段落
样式时，任务窗格中会区别出两种样式
的格式设置。

● 未勾选时，只显示字符样式

● 勾选时，会同时显示字符及段
落样式

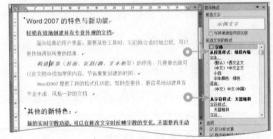

6-4-3　样式的删除与重命名

如果有些样式在文件中并未应用，也没有存在的必要，那么可以将其从 样式库 中删
除，此时可以选择 删除"样式名称"命令；不过，内置的默认样式是无法删除的。

● 内置样式

○ 删除 命令无作用

① 在 样式 任务窗格中单击要删除的样
式名称右侧的箭头。

② 选择 删除 命令。

③ 出现确认消息，单击 是(Y) 按钮。

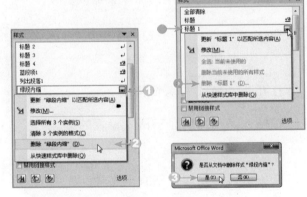

④ 原先应用该样式的段落，会改用其
样式基准 所指定的样式。

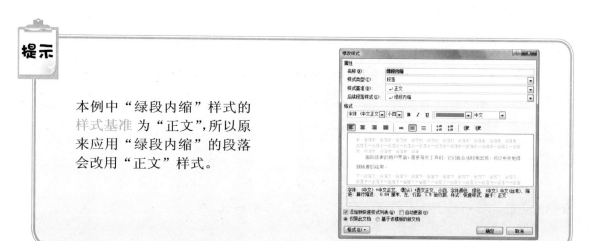

本例中"绿段内缩"样式的样式基准 为"正文",所以原来应用"绿段内缩"的段落会改用"正文"样式。

在删除样式时,通过下拉列表中的 删除 命令,就可以判断该样式的 样式基准 是什么。先选择 撤消 命令还原刚才删除样式的动作。

在 样式 任务窗格中单击"蓝段项1"右侧的箭头,会看到"删除"变成"还原"命令。"蓝段项1"的 样式基准 为"绿段内缩",因此当执行 还原为绿段内缩 命令将"蓝段项1"样式删除后,原先应用"蓝段项1"样式的段落会改用"绿段内缩"样式。

● 还原 命令　● 样式基准

如果对自定义的样式名称不满意,同样可以重新命名,但注意:内置的样式无法重命名,而自定义的样式也无法命名为内置样式的名称。

① 在 样式 任务窗格中单击要重命名样式右侧的箭头。

② 选择 修改 命令。

③ 出现 修改样式 对话框,在 名称 中输入新名称。

④ 单击 确定 按钮。

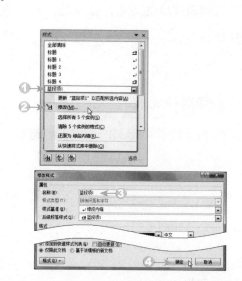

上述的操作只改变样式名称，不改变样式的格式。在为样式命名时，样式名称最多可以达 255 个字符，除了反斜线（\）、分号、大括号以外的任何字符和空格的组合皆可，区分大小写。要注意在同一个文件中，样式名称不可重复。

6-4-4 管理样式

管理样式其实是件复杂的工作，对于正在学习使用样式阶段的您，可以先专注于本节介绍的主题，等熟悉了样式的操作后，再做进一步的研究。

显示样式预览

打开 样式 任务窗格后，样式列表中的样式名称右侧有 a 符号表示为"字符样式"；有 ↵ 符号表示为"段落样式"；有 ⊌a 符号表示为"链接的样式"。当将鼠标光标停在 样式 名称上时，会出现该样式设置的相关消息。

勾选 显示预览 复选框，可以将样式的格式反应在样式名称上，方便浏览应用。

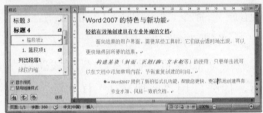

选项的设置

单击 样式 任务窗格的 选项 命令，打开 样式窗格选项 对话框，可以指定样式列表排序的方式，以及是否显示所有样式。

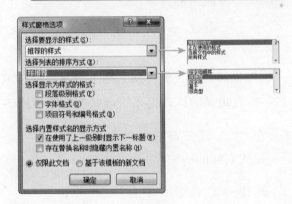

管理样式

当文件中自定义的样式也想运用在其他文件或模板时：

① 单击 样式 任务窗格的 管理样式 按钮。

② 打开 管理样式 对话框。

③ 单击 导入/导出(X)... 按钮。

④ 打开 管理器 对话框，左侧显示目前文件中的样式列表，右侧默认会显示"Normal"模板的样式列表。

⑤ 若复制的目标是某文件，先单击 关闭文件(E) 按钮。

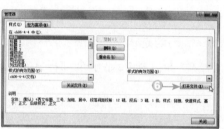

⑥ 单击 打开文件(E)... 按钮。

⑦ 选择目标文件或模版。

⑧ 单击 打开(O) 按钮。

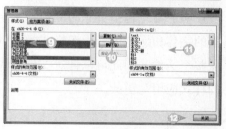

⑨ 回到 管理器 对话框，从左侧选择要复制到其他文件或模板的项目。

⑩ 单击 复制(C) -> 按钮。

⑪ 复制到右侧列表中。

⑫ 单击 关闭 按钮。

⑬ 出现是否存储目标文件的消息，单击 是(Y) 按钮，即可将样式复制到该文件中。

从其他文件或模板中复制样式的操作相同,只是复制的方向相反。

在 管理样式 对话框的 编辑 选项卡中可以新增、修改与删除样式;切换到 推荐 选项卡,可以决定要在 样式 任务窗格中显示哪些样式,以及排列顺序。

- 勾选 只显示推荐的样式 复选框,则只显示建议样式

- 不勾选 只显示推荐的样式 复选框,则会显示全部样式

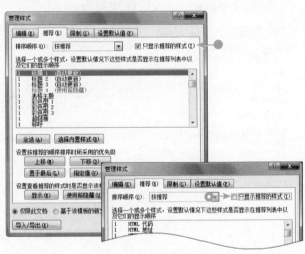

6-5 样式集

样式集 是可以应用在整个文件的格式组合,设置的对象是整个文件。可以影响的格式包括页面的颜色、文字段落的字体和颜色等。由于格式的范围涵盖整个文件,因此可以针对文件做快速的样式应用与更改。

6-5-1 操作方法

1️⃣ 打开要应用样式集的文件。

2️⃣ 选择 样式 功能区的 更改样式 命令。

3️⃣ 从打开的列表选择 样式集 命令，利用立即预览的特性，快速浏览不同样式所应用的结果。

4️⃣ 再选择 颜色 命令打开列表，同样预览文件选择不同颜色集的效果。

5️⃣ 决定好了即可应用。

● 选用"流行"样式集与"行云流水"颜色的结果

提示

自定义样式集 的操作方式与 自定义主题 类似，可参考第 10 章。

好用的表格

表格是让文件内容井然有序的一个好工具，它不仅可以把数据整理成表格化的各种表单，还可以根据数据制成统计图表；它能使段落并排，利用字段使文字对齐，而用法比使用制表符更简单。

7-1 产生表格

在 Word 中产生表格的方法很多，用户可依需要选择适合自己的方式来建立。表格是由"单元格"所组成，横向的单元格组合而成"行"，纵向的则组合而为"列"；您可以在单元格中输入文字、图形、甚至再产生表格。单元格中的文字内容会自动换行，并且会纵向拉伸以配合您所输入的文字数量。

7-1-1 快速产生表格

1 将插入点置于要插入表格处，单击 插入 > 表格 > 表格 > 快速表格 命令。

2 打开内置的快速表格库，选择一种默认的表格类型。

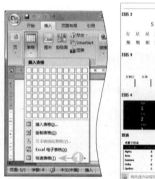

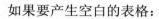 快速产生表格

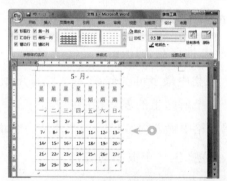

如果要产生空白的表格：

1 将插入点置于要插入表格处，单击 插入 > 表格 > 表格 命令。

2 从打开的下拉列表中，移到所需的行数和列数并单击。

③ 即可快速产生表格。

- 产生 4×7 的表格
- 列
- 行
- 单元格结束符号

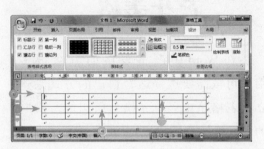

这种方法产生的表格，各列宽、行高皆相同，且表格大小与版面同宽，表格边框为黑色单线。

7-1-2 使用插入表格命令

① 将插入点放在要插入表格处，单击 插入 > 表格 > 表格 > 插入表格 命令。

- 插入点在此

② 出现 插入表格 对话框。

③ 在 列数 和 行数 框中输入所需之数量，例如：5 列和 3 行。

④ 采用默认的 固定列宽 选项，并指定宽度，例如：10cm。

⑤ 单击 确定 按钮。

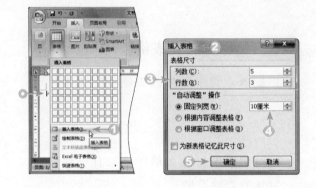

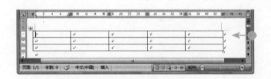

- 产生行宽为10cm的3×5表格

表格中最多可以有 63 列，当采用默认的 固定列宽 选项且值为"自动"时，结果会与第一小节所产生的表格相同；若选 根据内容调整表格 选项，则会先产生一个很小的表格，待单元格中输入内容后，列宽才依内容增加而加宽，因此列宽可根据内容多寡来决定。

- 先产生一个很小的表格
- 列宽依内容增加而加宽

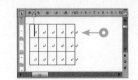
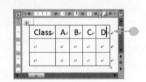

选择 根据窗口调整表格 选项，所产生的表格会与版面大小有关；当我们修改文件的版面时，表格宽度会随之改变。

- 版面宽，表格就宽

● 版面窄，表格就窄

提示

产生表格时，根据列宽的变化可以有不同的类型，而这些选项也可以在产生表格后再加以改变，只要从 表格工具 > 布局 > 单元格大小 > 自动调整命令列表选择即可。

● 自动调整列宽

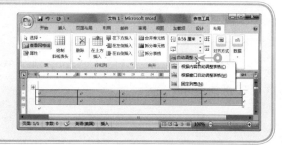

7-1-3　绘制表格

绘制表格时，可以有列宽不等与行高不等的单元格。

① 单击 插入 > 表格 > 表格 > 绘制表格命令。

② 光标呈 " ⬭ " 形状，在文档区拖动鼠标拉出一矩形区域后，放开鼠标产生表格外框。

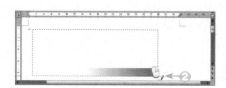

③ 再以鼠标在表格框内水平方向拖动画一线段，产生连接两端边界的横线，使表格成为两行。

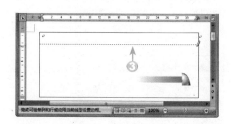

④ 再在垂直方向画线段可产生直线，以拆分出行数。

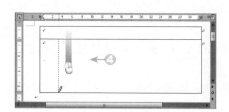

⑤ 以斜线绘制可产生连接对角端点的斜线。

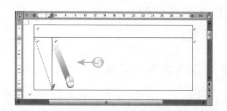

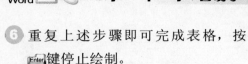

⑥ 重复上述步骤即可完成表格，按
　Enter 键停止绘制。

　● 完成不规则结构的表格

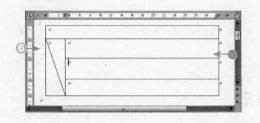

7-1-4 **绘制斜线表头**

　要插入斜线时，不管插入点位于哪个单元格中，Word 都会自动在第 1 行第 1 列的单元格中产生斜线。

① 将插入点移至要产生斜线的表格中任意处。

② 单击 表格工具 > 布局 > 表 > 绘制斜线表头 命令。

③ 打开对话框，在 表头设置 中选择一种样式 (共有五种样式)，例如：样式一。

④ 在 行标题 中输入内容。

⑤ 在 列标题 中输入内容。

⑥ 在 字体大小 中选择字的大小。

⑦ 单击 确定 按钮。

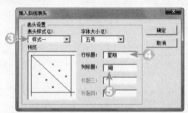

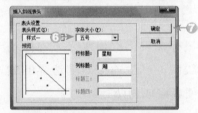

⑧ 产生的结果是一个经过组合的对象。

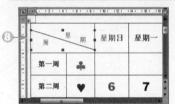

⑨ 将其取消组合后，重新调整字的大小和位置。

　● 两个文本框和一条线段的组合对象

⑩ 得到较佳的结果。

● 插入 样式一 的斜线单元格

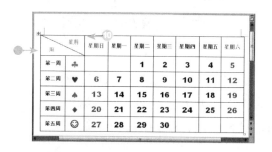

当输入的内容字数太多或字体大小太大时，会出现信息框要求减少字数，或是调整表头大小。可以单击 取消 按钮回到对话框重新修改设置，或是单击 确定 按钮，先插入表头后再调整。

7-1-5　产生对角斜线

　　如果想在其他单元格中产生各种对角斜线，可以使用 表样式 功能区中 边框 列表中的 斜下框线、斜上框线 来绘制；或是以绘制表格方式直接产生斜线。

① 将插入点置于单元格中。

② 单击 表格工具 > 设计 > 表样式 > 边框 命令，从列表中选择 斜下框线 或 斜上框线。

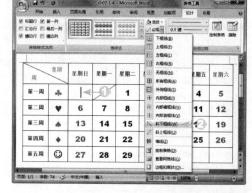

③ 单元格中产生斜框线。

● 重复设置斜下框线和斜上框线

7-2 单元格的增删

表格产生后，总免不了需要增、删单元格以改变表格结构，这些编辑动作都是对表格的基本操作。

7-2-1 选择单元格

在表格中移动插入点与选择文字的方式，基本上和在文件中一样，都可以用鼠标或键盘来操作。在 文本选择区 中，光标会呈不同形状的箭头。

◎ 选择单元格　　　　　　　　　◎ 选择行

◎ 选择列　　　　　　　　　　　◎ 拖动选择相邻单元格

此外，也可以利用 表格工具 > 布局 > 表 > 选择 命令列表中的相关命令来选择。

◎ 以命令选择行

提示

若要选择不连续的列、行与单元格，可先按住[Ctrl]键再连续选择。

● 选择不连续的单元格

7-2-2 插入列、行与单元格

在现有表格中增加列、行或单元格的方法很相似，只是执行插入动作时，会因插入点所放置的位置，或选择单元格范围的不同而有不同的结果。

① 选择列（若要插入好几列，则选择相等的列数）。

② 单击 表格工具 > 布局 > 行和列 > 在左侧插入 命令。

③ 选择列的左侧会插入与选择字段等宽的一列。

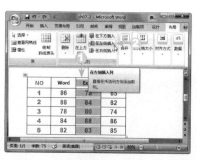

④ 选择行（若要插入好几行，则选择相等的行数）。

⑤ 单击 表格工具 > 布局 > 行和列 > 在下方插入 命令。

⑥ 选择行的下方会插入与选择行数等高的两行。

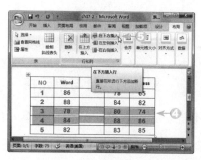

7 选择单元格。

8 在选择的单元格上右击。

9 选择 插入 > 插入单元格 命令。

10 出现对话框，决定活动单元格移动的方式。

● 活动单元格右移

● 活动单元格下移

○ 整行插入

○ 整列插入

删除列、行与单元格

不管是删除表格、列、行或单元格，它们的操作方法都是一样的，都会因所选择单元格范围的不同而有不同的结果。

1 选择欲删除的行、列，或将插入点置于该单元格中。

2 单击 表格工具 > 布局 > 行和列 > 删除 命令。

3 从表中选择要执行的命令。

④ 选择 删除单元格 命令会出现对话框，用以选择剩下的单元格的移动方向。

● 删除一整列的结果

提示

* 当删除范围包含表格以外的正文内容时，按 Del 键就会连单元格一起删除掉。

* 单元格的 剪切、复制 与 粘贴 方式，与一般输入数据处理的 剪切、复制 与 粘贴 相似。唯一要注意的是，在剪切或复制某范围的单元格后，目的单元格的大小区域需与其配合，否则无法执行。

7-3 调整表格

除了增、删行列外，通常对表格最常做的就是调整；调整列宽、行高、表格大小和表格的位置！

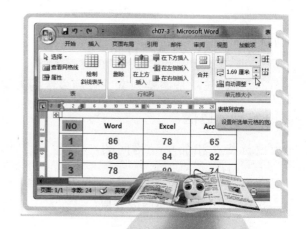

7-3-1 表格的大小与位置

① 将鼠标移至表格内，此时表格左上角及右下角皆会出现不同的符号。

● 移动表格符号

● 调整表格大小符号

② 单击右下角的方形调整符号，按住鼠标左键向外拖动可放大表格，向内拖动则缩小表格。

○ 向外拖动放大表格

③ 单击表格左上角的方框选择符号，
表格会呈选择状态。

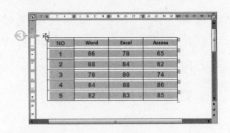

④ 按住鼠标左键不放，拖动到目的位
置后放开鼠标。

● 将表格移到目的位置

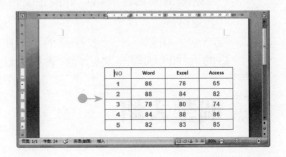

7-3-2 调整列宽与行高

　　以鼠标拖动是调整列宽、行高最快的方法，通常有两个地方可以调整列宽或行高！

✄ 拖动列边框

① 鼠标指在相邻单元格间的 列边框
上，鼠标呈 "⊹⊦"。

② 按住鼠标左键拖动后放开鼠标。

　　● 相邻两列的宽度会改变，但整个
　　　表格的宽度不变

提示

选择某单元格（反白）后再拖动列边框，只会改变该单元格的宽度，其他行则
不受影响！

✄ 拖动水平标尺上的行标记

① 插入点置于表格内时，将鼠标移至
标尺上。

　　● 会出现 移动表格列 标记

② 拖动 移动表格列 标记。

● 只有列标记左方的列宽受影响，
因此整个表格的宽度亦受影响

调整行高度

通常表格内每行的高度，视单元格内容的多少而定，同一行的单元格高度皆相同，不同行则可以有不同的行高。同样以拖动 行边框 或 行标记 来执行。

● 拖动行边框

● 拖动行标记

提示

想要得到精确的列宽、行高尺寸，由 表格工具 > 布局 > 单元格大小 命令来指定。

平均分布各行与各列

平均分布各行 及 平均分布各列 命令，可以对相邻的多行或多列做均匀分配。要提醒的是，执行这两个命令前，需先选择连续的字段或行数，否则无法执行。

① 选择要平均分配行高的数行。

③ 选择要平均分布列宽的数列。

② 单击 表格工具 > 布局 > 单元格大小 > 平均分布各行 命令。

④ 单击 表格工具 > 布局 > 单元格大小 > 平均分布各列 命令。

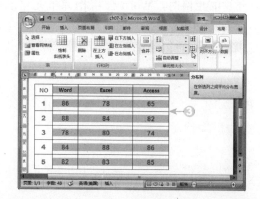

● 经过平均分布行高与列宽的表格

平均分布各行 或 平均分布各列 的操作，也可以经由快捷菜单来操作。

1 在选择范围上按鼠标右键。

2 从快捷菜单选择 平均分布各列 命令。

7-4 合并与拆分

要在 Word 中随心所欲地制作各种复杂结构的表格，善用 合并 与 拆分 这两个命令是最主要的。

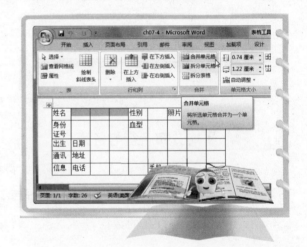

7-4-1 合并单元格

合并单元格时，Word 会将相邻单元格的内容合并到单一单元格中。

1 选择欲合并的相邻单元格。

2 单击 表格工具 > 布局 > 合并 > 合并单元格 命令。

③ 或是在选择范围上按鼠标右键。

④ 从快捷菜单中选择 合并单元格 命令。

   ● 单元格会合并为单一单元格

⑤ 重复上述步骤将需要合并的单元格加以合并。

提示

  * 经过合并的单元格内容会变成段落形式，且保有原来的文字格式。

  * 相邻单元格可以水平或垂直合并。

  * 合并后的单元格可再拆分。

以擦除钮合并

    表格工具 中的 擦除 命令，除了可以取消边框外，也可以用来合并相邻单元格的内容。

① 单击 表格工具 > 设计 > 绘图边框 > 擦除 命令。

② 鼠标会呈 "✐" 橡皮擦状，在要擦除的线段上单击。

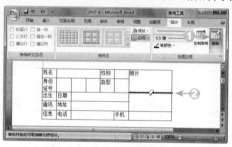

③ 线段擦除的同时，也完成单元格的合并。

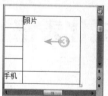

7-4-2　拆分单元格

    可以将单元格水平或垂直拆分为多个单元格，或将已合并的单元格再拆分。

① 将插入点置于欲拆分的单元格上，或选择已合并的单元格。

② 单击 表格工具 > 布局 > 合并 > 拆分单元格 命令（或按鼠标右键执行）。

③ 出现 拆分单元格 对话框，输入或
选择要拆分的列、行数。

● 由于步骤1有选择多个单元格，
因此复选框会自动勾选

④ 单击 确定 按钮。

● 经过合并与拆分所完成的表格

7-4-3 拆分表格

除了单元格本身的拆分外，也可以将表格拆分成两部分。当表格位于文件的开始时，
若要在表格之前插入其他文字段落，也可利用 拆分表格 来达到目的。

① 将插入点放在欲拆分为上下两表格
的任一行单元格中。

② 单击 表格工具 > 布局 > 合并 > 拆分
表格 命令。

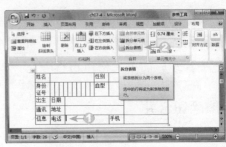

③ 插入点所在行的上方，会插入一个
正文 样式的段落。

从以上拆分表格的原理中，不难理解将两个表格合并的方式，就是删除表格之间的段
落内容。

7-5 格式化表格

在产生新表格时，每一个单元格中
都包含一个 单元格结束标记 "↵"；每
个单元格内容都可以有自己的格式，例
如：边框和底纹、首行缩进、悬挂缩进、
左缩进、右缩进 等，这些设置大致上与
一般文字的处理相同。

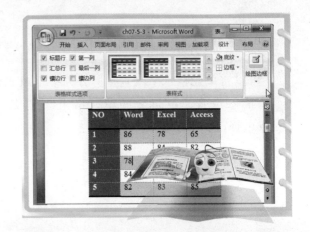

7-5-1 对齐方式与走向

针对单元格内文字的对齐方式、文字走向设置，可以通过 表格工具 功能区上的命令来执行。

1 将插入点置于单元格中，或选择要对齐的单元格。

2 单击 表格工具 > 布局 > 对齐方式 功能区的 9 种对齐工具按钮进行对齐。

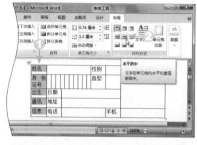

● 单元格内的文字会水平、垂直方向皆居中。

> **提示**
>
> 整个表格的水平对齐方式，可在选择表格后，以 开始 > 段落 功能区的对齐按钮执行。

3 插入点置于要改变文字走向的单元格中。

4 单击 页面布局 > 页面设置 > 文字方向 命令。

● 文字默认为由左向右的水平走向

5 选择所需的走向类型。

6 文字换成由上而下的垂直走向。

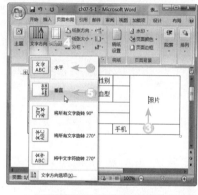

> **提示**
>
> 若执行 表格工具 > 布局 > 对齐方式 > 文字方向 命令（连续单击），则可以将单元格内容的文字走向改为水平及垂直两种。
>
> ● 水平
>
> ● 垂直

7-5-2 边框和底纹

除了为单元格文字加边框和设置底纹格式外，我们可以针对表格或单元格进行边框及底纹的格式化，让表格更美观、更易阅读。

记住一个口诀：大范围先做，小范围后做。

1 单击 表格选取符号，先选择整个表格。

2 单击 表格工具 > 设计 > 绘制边框 > 笔样式 命令，打开列表选择样式。

3 单击 表格工具 > 设计 > 绘制边框 > 笔粗细 命令，打开列表选择线条粗细。

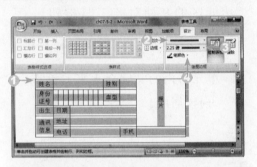

4 单击 表格工具 > 设计 > 绘制边框 > 笔颜色 命令，打开列表选择颜色。

5 最后单击 表格工具 > 设计 > 表样式 > 边框 工具按钮旁的箭头，打开列表选择 外侧框线。

6 此时表格仍处于选择状态，重复步骤 2 ～ 5，这次选择 虚线、0.25 磅、橙色、内部框线。

如果是针对某局部选择范围：

1 选择单元格范围。

2 选择线条样式。

3 选择线条粗细。

4 选择笔颜色。

5 最后依选择范围选择要套用的边框。

● 格式化的结果

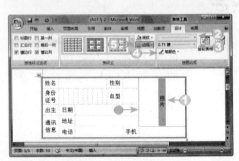

提示

当表格边框设置为"无框线"时，执行 表格工具 > 布局 > 表 > 查看网格线 命令可以在屏幕上显示蓝色虚线的参考网格线，方便查看表格结构。

● 单击 查看网格线 命令

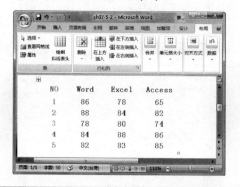

利用 绘制边框 功能区的 擦除 命令，则可以将不想设置边框的线条擦除。

1 单击 擦除 命令，鼠标呈"⌂"橡皮擦状。

2 在要擦除的框线单击，待出现粗线后放开鼠标。

● 擦除后显示参考网格线

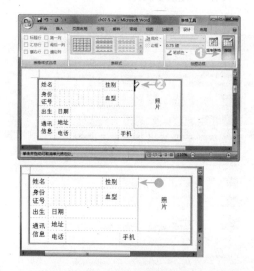

为表格或单元格加上底纹：

1 选择要加底纹的列、行或单元格。

2 单击 表格工具 > 设计 > 表样式 > 底纹 命令打开列表，选择一种颜色。

● 立即预览结果

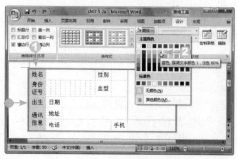

<h2>7-5-3　套用表样式</h2>

Word 提供了一个可以快速格式化表格的功能，可以自动套用格式到表格中，此外，还可以自定义表样式，并新增到列表中供其他表格套用。

1 将插入点置于要套用格式的表格内。

　● 默认的样式为 网格型

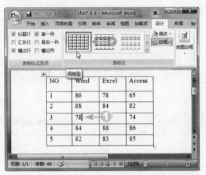

2 在 表格工具 > 设计 > 表样式 的表格快速样式库中，选择任一种样式并立即预览效果。

3 单击 其他 按钮可打开列表，一次预览更多的样式。

　● 表格快速样式库

表格样式选项 功能区中，默认会套用 标题行、第一列、镶边行 复选框。如果有些格式不想套用在 标题行 或 第一列 等表格位置，可以取消勾选这些复选框。

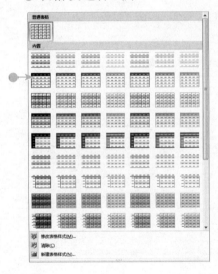

提示

对于已经局部格式化的表格，在应用表格样式时可以更有弹性；在要应用的样式上右击，选择 应用并清除格式 命令与 应用并保持格式 命令，会有不同的结果。

● 选择 应用并清除格式 的结果

NO	Word	Excel	Access
1	86	78	65
2	88	84	82
3	78	80	74
4	84	88	86
5	82	83	85

● 选择 应用并保持格式 的结果

NO	Word	Excel	Access
1	86	78	65
2	88	84	82
3	78	80	74
4	84	88	86
5	82	83	85

7-6 表格与正文的关系

当文字以某种规律的形式排列时，可以将其转换成表格的形态呈现；而表格也可以与正文间形成"文绕表格"的版面安排。

7-6-1 表格与文字的转换

如果文件中的文字以某种分隔方式排列，那么可将其以表格形式表现。

❶ 选择要转为表格的文字范围。

❷ 单击 插入 > 表 > 表格 > 文本转换成表格 命令。

❸ 出现 将文字转换成表格 对话框，直接采用默认值。

● 默认的分隔符号为制表符

❹ 单击 确定 按钮。

● 将文字转换成表格的形式

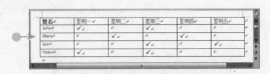

如果有表格内容想转换为文字呈现：

1 将插入点置于表格中。

2 单击 表格工具 > 布局 > 数据 > 转换 为文本 命令。

3 出现 表格转换成文本 对话框，默 认即勾选 制表符。

4 单击 确定 按钮。

● 表格转为文字的形式

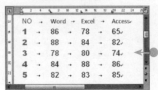

表格的环绕

表格在正文中也可以像图片一样，与文字产生环绕的效果，让文字版面的编排更有弹性。

1 将插入点置于表格中。

2 单击 表格工具 > 布局 > 表 > 属性 命令。

3 打开 表格属性 对话框并位于 表格 选项卡，单击 环绕。

4 单击 确定 按钮。

● 文字环绕表格的结果

7-6-3 表格标题跨页重复

当表格的内容在"自动分页"的情况下跨到下一页时，如果表格的形式是有标题行的，通常我们会希望跨页的表格也能显示标题行，这样在浏览表格内容时才能对照标题字段。

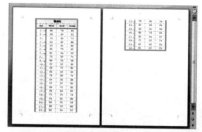

1 先选择要跨页的标题行（不管有几行要重复，必须从第一行开始选）。

2 单击 表格工具 > 布局 > 数据 > 重复标题行 命令。

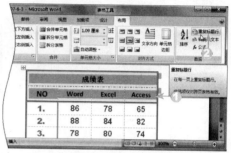

○ 表格标题行重复

3 要取消跨页标题重复，请重复步骤 1～2。

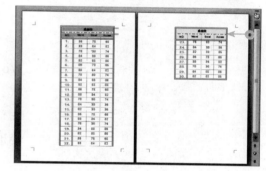

图形对象的产生与编辑

Word中的"图形对象"包括剪贴画、形状、图片、图表、SmartArt图形等，了解它们的特性并加以运用，可以让文件更有说服力。

08

Chapter

8-1 图片的产生与编辑

我们所说的"图片",主要是指一些已经存在的图形文件,包括:市场销售光盘中的图片、以绘图软件制作的形状或事先扫描好的照片文件,以及Office提供的剪贴画、形状等。

8-1-1 插入图片

在 Word 文件中,不需安装图形筛选程序,就可以插入各种不同文件格式的图形。

① 将插入点移到希望图片出现的位置。

② 单击 插入 > 插图 > 图片 命令。

③ 打开 插入图片 对话框。

④ 切换目录到访问图片的位置。

⑤ 选择图形文件名称(可复选)。

⑥ 单击 插入(S) 按钮。

● 可以插入的文件类型

- 图片上出现八个控制点，且图片
  配置默认是"嵌入型"
- 图片工具 选项卡会自动显示
- 旋转控制点

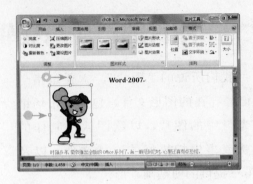

8-1-2 插入剪贴画

"剪贴画"是指 Office 所提供的形状，包括安装 Office 时内置的，以及 Office Online 上支持的形状。

① 将插入点移到要插入剪贴画的位置。

② 单击 插入 > 插图 > 剪贴画 命令。

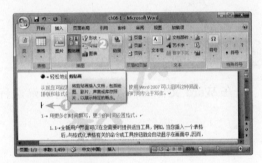

③ 打开 剪贴画 任务窗格。

④ 在 搜索文字 框中输入形状的关键字，例如：文档。

⑤ 指定 搜索范围。

⑥ 指定结果类型。

⑦ 单击 搜索 按钮。

⑧ 出现找到的剪贴画并列在任务窗格中。

- 搜索结果出现地球图标表示剪贴画来自 Web 收藏集

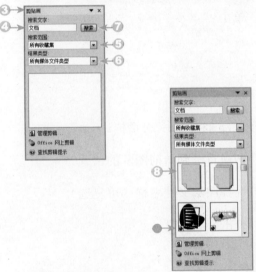

⑨ 单击要使用的剪贴画。

⑩ 剪贴画以默认的插入方式置入文件中。

⑪ 不再使用可将 剪贴画 任务窗格关闭。

从 搜索范围 下拉列表中可以指定查找形状的位置；包括：我的收藏集、Office 收藏集 及 Web 收藏集，默认的选项是 所有收藏集位置，也就是这三个收藏集。

取消勾选收藏集前方的"☑"，就不会搜索该收藏集。

* "我的收藏集"是指硬盘中有含图片文件格式的文件夹，由 Word 扫描电脑后自动产生。

* "Office 收藏集"是安装 Office 后所载入的多媒体项目的分类。

* "Web 收藏集"是搜索在线多媒体后得到的分类项目，来自 Microsoft 所提供的网站"Office Online"的内容。

此外，也可以选择要搜索的媒体文件保存类型，打开 结果类型 旁的列表，默认为 所有媒体文件类型。

8-1-3　调整图片大小

不管是图片还是剪贴画，当插入文件后，可以改变图形的大小比例，使图形在文件版面中呈现比较适当的比例关系。

1 单击插入的图形或剪贴画，图形四周会出现八个"控制点"。

2 拖动四个角落的圆形控制点，可在改变图形大小时，维持其高度、宽度的比例不变；向内是缩小，向外是放大。

● 向外拖动

3 要改变图形的高度或宽度，则拖动四边中间的方形控制点。

● 向右拖动

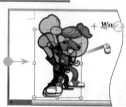

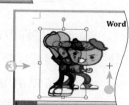

4 想要很精确地指定图形的尺寸，则可以在选择图片后，在 图片工具 > 格式 > 大小 功能区中，指定图片的高度与宽度。

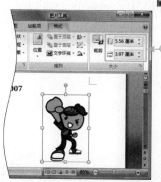

⑤ 单击 裁剪 命令。

⑥ 拖动控制点，可以在不改变原图形
比例的情况下，对图片进行裁切。

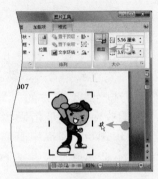

● 鼠标呈裁切状

● 拖动控制点

● 裁切结果

⑦ 要退出裁剪图片的动作，按下键盘的 Esc 键。

提示

单击 大小 功能区的对话框
启动器打开 大小 对话框，可
以指定精确的缩放尺寸、裁
剪尺寸、旋转角度等。

● 单击可恢复图形的原始尺寸

8-2 插入形状

Word 中有许多设计好的图案，依
照性质的不同可以分成两大类：线条 和
形状。线条可以由用户自行绘制；而形
状则是现成的几何形状。通常我们可以
改变线条的形状，但只能改变形状的大
小！

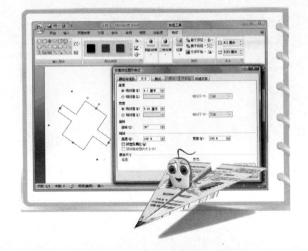

8-2-1 插入各种线条

　　Word 所提供的线条有：直线、曲线、任意多边形、自由曲线、连接线，连接线通常用来连接流程图表；产生这些线条的方式都差不多。

❶ 单击 插入 > 插图 > 形状 命令。

❷ 从打开的列表中，在 线条 区域单击要绘制的线条类型。

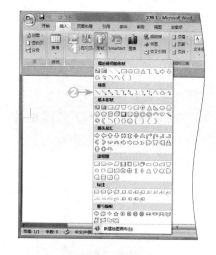

✄ 绘制直线

❶ 单击 线条、箭头 或 双箭头 工具按钮。

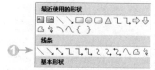

❷ 将鼠标指向第一个顶点的位置，按住鼠标左键不放。

❸ 拖动到另一个顶点的位置并放开鼠标左键。

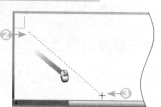

● 绘图工具 关联式选项卡会自动显示

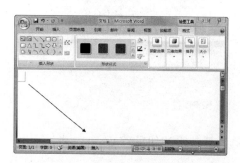

提示

　　拖动的同时按住 Shift 键不放，则直线和水平线的夹角会呈 15 度的增量变化。

✄ 绘制曲线

　　曲线 是由许多小的曲线段前后串连而成，而每一个小曲线段则是由前后两个顶点所决定的；所以插入曲线的过程就是在决定各个顶点的位置。

1 单击 曲线 工具按钮。

2 单击要作为曲线起点的位置。

3 单击第一段曲线的中点。

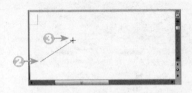

4 单击第一段曲线的终点。

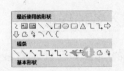

5 视需要重复单击下一段曲线的中点；第一段曲线的终点也就是第二段曲线的起点。

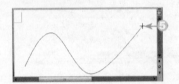

6 要退出绘制曲线，在预备作为整个曲线终点的位置双击。

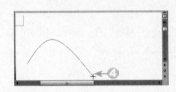

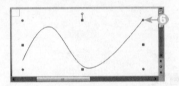

 提示

绘制过程中若有失误，可按 ◄Backspace 键回到上一个顶点。如果选择的终点很接近起点的话，Word 会自动将这条曲线连接起来，形成一条封闭曲线。

绘制任意多边形

多边形 是由几条线段依序连接起来，以构成它的边。所以插入多边形，事实上就是在决定这些边线的起点和终点。

1 单击 任意多边形 工具按钮。

4 单击第二段边线的终点。

5 视需要重复单击下一段边线的终点。

6 在预备作为整个多边形终点的位置双击，退出绘制多边形。

- 封闭图形只须单击一下，即可完成绘制。

2 单击要作为多边形起点的位置。

3 单击第一段边线的终点（第一段边线的终点也就是第二段边线的起点）。

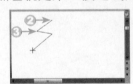

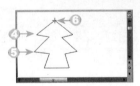

如果以"拖动"来代替"单击顶点",则画出来的那一段线条就是连续曲线,也就是"自由曲线"!

✄ 绘制自由曲线

自由曲线 的特点,就是可以将鼠标光标看作是一支笔,只要按住鼠标左键不放拖动,就可随心所欲的绘制。

1 单击 自由曲线 工具按钮。

2 按住鼠标左键不放,拖动开始绘制。

3 放开鼠标完成绘制。

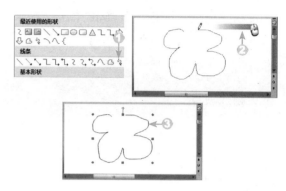

✄ 绘制连接线

连接线 可用来连接流程形状,方便绘制流程图表。

1 单击 连接线 工具按钮。

2 从要连接的形状开始单击绘制起点。

3 拖动到另一个要连接的形状上。

● 连接的结果

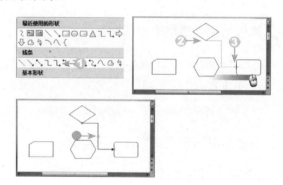

8-2-2 编辑线条端点

前面介绍的曲线、多边形、自由曲线等对象,都是由许多顶点构成的,所以我们可以借着改变这些顶点的数量或位置,来达到修改外形的目的。

1 选择要编辑的线条对象。

2 单击 绘图工具 > 格式 > 插入形状 > 编辑形状 > 编辑顶点 命令。

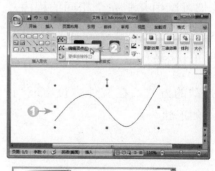

3 要改变顶点的位置,将鼠标移到顶点的位置上,按住鼠标左键直接拖动。

● 画面上显示这个对象目前的顶点

④ 要在线段上新增顶点，按住 Ctrl 键单
击（鼠标会变成一个十字框"✛"）
即可。

● 新增的顶点

⑤ 要删除顶点，同样按住 Ctrl 键单击顶
点（鼠标会变成一个"✕"）。

● 删除顶点

⑥ 想要将两个顶点之间的线段，从直
线改成曲线（或曲线改成直线），
右击该线段。

⑦ 然后从快捷菜单中单击命令。

● 变成直线

⑧ 要退出编辑顶点，则按一下 Esc 键。

● 编辑后的曲线

8-2-3 插入其他形状

　　我们可以用几乎完全相同的程序，
来插入其他的形状。

① 单击形状中的任一工具按钮。

② 以拖动的方式，在文件中拉出适当
大小的形状。

● 调整点

● 控制点

● 旋转点

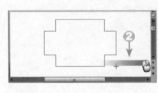

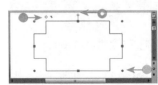

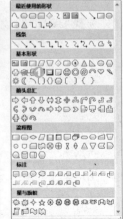

提示

步骤 2 也可以用单击的方式，产生标准尺寸的形状。

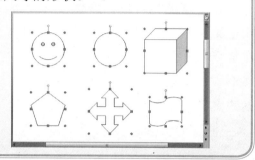

● 用单击方式产生的形状

8-2-4　编辑形状

形状并不像线条，可以通过"顶点"来改变外形；但可以通过 控制点 来改变大小。大多数的形状，会具有一种叫做"调整点"的菱形控制点，可以用来调整外观。

① 单击要修改的形状，将鼠标移到黄色、菱形的 调整点 上。

② 按住鼠标左键不放向内 (或向外) 移动后，放开鼠标。

　● 调整结果

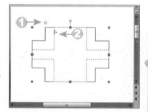

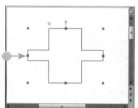

③ 移到自选图形上的绿色 旋转点，鼠标呈旋转状时单击，可旋转自选图形。

　● 旋转的结果

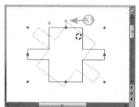

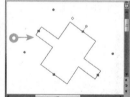

提示

要精确设置形状的大小尺寸与旋转角度，可单击 大小 功能区的对话框启动器，将 设置自选图形格式 对话框打开。

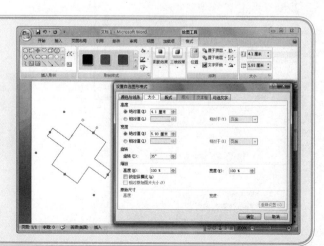

8-3 产生文本特效

在正常的情况下，段落文本都是在正文区域内依序排列。如果我们想要在某个特定的位置，放进去一段与上下文不一定有关系的文本，或是想解决文本的文字方向等问题，这时候可以使用"文本框"。

8-3-1 插入文本框

1 单击 插入 > 文本 > 文本框 命令打开列表。

2 从 内置 的文本框库中选择默认的文本框。

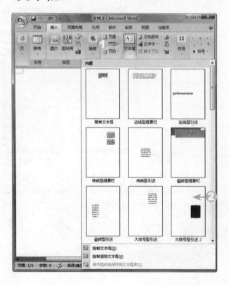

3 选择 绘制文本框 命令。

● 可产生竖排的文本框

● 快速产生默认的文本框

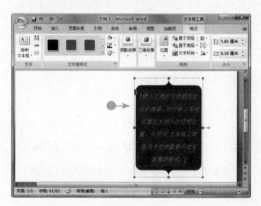

● 可再输入内容

4 利用拖动的方式，在文件的适当位置拉出一个"框"。

5 放开鼠标后，插入点会自动移到文本框里面，就可以开始输入文本。

○ 插入点

 提示

形状也可以当成文本框来使用，在形状上右击选择 添加文字 命令，即可在形状中输入文本内容。

● 选择 添加文字 命令

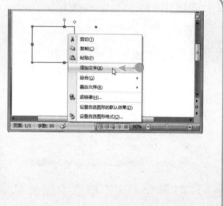

● 成为文本框

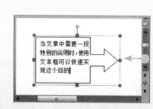

8-3-2 编辑文本框

文本框 属于形状的一种，因此也会有八个控制点可以调整大小。当插入点出现在文本框里时，文本框的四周会出现蓝色的"虚线框"，此时可以编辑文本框的内容；如果想要选择文本框，可以单击文本框的边框，蓝色的"虚线框"会消失，此时可以按下 Del 键将整个文本框删除或做移位的处理。

1 单击水平走向的文本框。

● 不同文本走向的命令

2 单击 页面布局 > 页面配置 > 文字方向 命令，从列表中选择 垂直 命令。

● 垂直走向的文本框

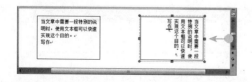

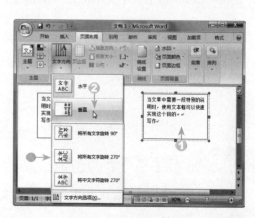

8-3-3　链接文本框

我们可以将原本不相干的多个文本框，通过"串连"的方式将它们链接起来，让文件的版面编排更富有变化。

① 右图中有两个互不相干的文本框，先选择第一个较大的文本框。

② 单击 文本框工具 > 格式 > 文本 功能区上的 创建链接 按钮。

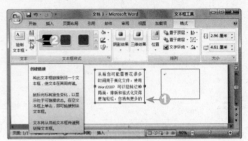

③ 光标会变成一个小茶壶状"茶"，再单击第二个空的文本框。

④ 此时第一个文本框内未完全显示的内容，会在第二个文本框中出现。

○ 调整第一个文本框的大小时，第二个文本框的内容也会自动调整

⑤ 可以重复上述的步骤，再继续链接更多的文本框。

○ 产生第三个链接文本框

在创建文本框间的链接关系时，有几点要特别注意：

◆ 文本框的文本方向要一致。

◆ 要创建链接的目的文本框，必须是空的。

◆ 要切断与下一个文本框之间的链接，先单击前一个文本框，再单击 断开链接 命令。

○ 断开链接 命令

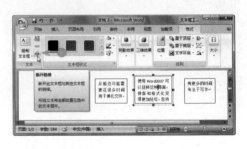

8-3-4　产生艺术字

使用艺术字可以创建有趣且生动的文字效果，以弥补字体变化不足的缺憾。

1 选择要设计为艺术字的内容。

2 单击 插入 > 文本 > 艺术字 命令，从打开的图库列表中选择一种样式。

3 出现 编辑艺术字文字 对话框，选择的内容已出现在其中。

4 可以从 字体 下拉列表中改变字体。

5 单击 确定 按钮。

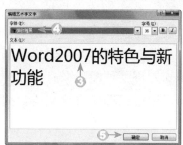

● 拖动控制点可以调整大小

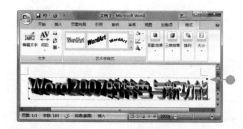

● 各种默认的艺术字效果

提示

默认的艺术字会呈 嵌入型 的 文字环绕 状态，当艺术字呈浮动状态时，会出现黄色调整点和绿色旋转控制点；有关 文字环绕 的设置参阅第 9 章。

○ 调整点

○ 旋转控制点

产生艺术字后，若要修改文字内容，可以选择这一组艺术字，然后再单击 艺术字工具 > 格式 > 编辑文字 命令，就可以再次进入 编辑艺术字文字 对话框中修改。

● 单击 编辑文字 命令

● 增加两个字

○ 修改的结果

8-4 SmartArt图形

SmartArt 图形 的类型包括 列表图、流程图、循环图、层次结构图、关系图、矩阵图、棱锥图 7 种以非数字为基础的概念性图表。每一种图形又有多种样式可供选择，让您轻轻松松就完成数据型图表的创建与编辑。

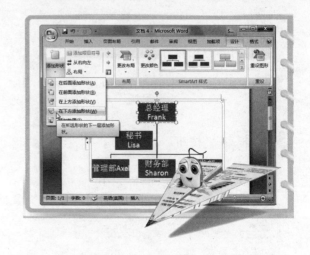

提示

由于 SmartArt 图形的创建过程都差不多，以下我们就以较常见的 层次结构 为例，介绍其使用方法。

8-4-1 建立组织结构图

"层次结构图"（也称为"组织结构图"）普遍用于各公司企业，让人从简单的图表关系中能明了公司的组织架构。

① 单击 插入 > 插图 > 插入 SmartArt 图形 命令。

② 出现 选择 SmartArt 图形 对话框。

③ 单击 层次结构 类别。

④ 选择第一个 组织图。

⑤ 单击 确定 按钮。

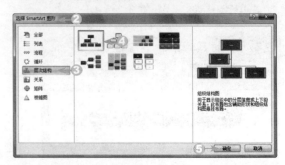

- 在"绘图画布"中出现默认的组织图

- SmartArt工具 关联式选项卡也会自动出现

- 第一级形状为选择状态

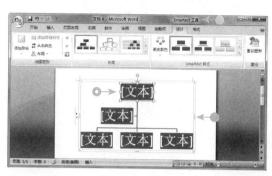

6 单击文本形状可直接输入内容。

7 或是单击 文本窗格 按钮。

8 出现文本窗格输入窗口，在" 文本"中输入。

- 输入完关闭窗口

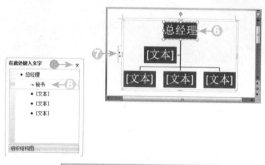

- 会立即反应在文本形状中

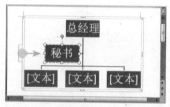

9 重复上述步骤完成组织图文本的输入，在文件空白处单击一下即可离开绘图画布。

- 完成的组织图

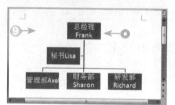

 提示

当输入的内容较多时，文本会自动换行并调整大小。若要强制换行，可按 Shift + Enter 键。

- 按 Shift + Enter 键换行

- 结果

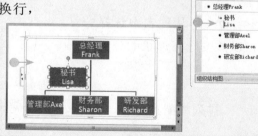

8-4-2 编辑组织结构图

默认的组织结构图很简单，可以视需要修改组织图架构。执行时必须先选择目标形状，再进行更改。

① 要在第二级的形状中再增加同一级
的形状，先单击第一级形状。

② 单击 SmartArt 工具 > 设计 > 创建图
形 > 添加形状 命令。

③ 从列表中选择 在下方添加形状 命
令。

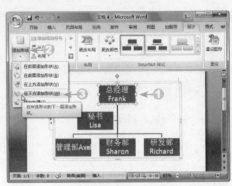

④ 第二级的右方添加一形状。

● 输入内容

● 组织图会自动调整大小以容纳于
画布中

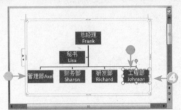

⑤ 重复上述步骤新增其他组织形状。

○ 在前面添加形状

○ 在后面添加形状

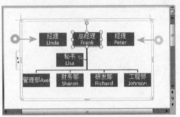

⑥ 单击 创建图形 > 从右向左 命令，可
将组织图的页面布局改为由右至左。

● 改为由右至左的版面

⑦ 选第一级形状。

⑧ 单击 布局 命令，从列表中选择一
种方式，以改变选择形状的分支布
局。

○ 改为 两者 排列的配置

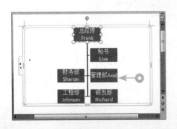

⑨ 单击"工程部"形状。

● 单击也可打开文本窗格

⑩ 单击 创建图形 > 缩小选择范围 命令。

● 成为右侧相邻形状的下一级

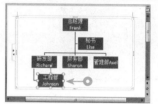

⑪ 组织结构图调整好之后，可以拖动绘图画布四周的控制点调整图表大小。

● 往内拖动缩小图表

● 完成的组织结构图

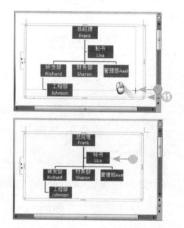

8-5 图形对象的编辑

前面各节所介绍的对象我们通称为"图形对象"，通过简单的命令就可以改变这些对象所呈现出来的效果；而对象彼此之间也可以设置某种程度的"关系"。

8-5-1 旋转与翻转

当选择图片、形状或艺术字时，只要出现绿色的旋转符号，就表示能旋转。文本框无法作旋转或翻转，但经过 添加文字 所产生文本的自选图形仍可旋转或翻转，不过只有形状会旋转，文字不受影响。

● 经旋转的文本形状

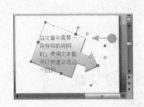

① 选择要旋转的对象。

② 将鼠标指到绿色的旋转点上，光标呈旋转符号"🔄"。

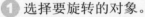

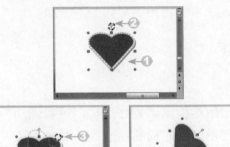

③ 按住鼠标左键不放，向任意方向拖动旋转，再放开鼠标完成旋转。

○ 旋转后的形状

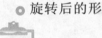

提示

对象经旋转后，若欲恢复，可单击 绘图工具 > 格式 > 大小 功能区的对话框启动器按钮，打开对话框，在 大小 选项卡中将 旋转 角度改为"0"。

翻转 就像是让形状照镜子，所以有时候也被称为"镜射"。利用 绘图工具 > 格式 > 排列 功能区的 旋转 命令，可以进行选择对象的 水平翻转 和 垂直翻转。

● 向右旋转90°

● 向左旋转90°

○ 垂直翻转

● 水平翻转

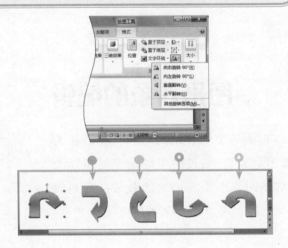

8-5-2 图形对象间的关系

当图形对象不只一个的时候，对象与对象之间会产生一些微妙的关系，例如由于对象产生的先后而有"顺序"关系；为了彼此间的定位而有"对齐"的关系；为了使对象之间的各种关系稳定下来，还可以"组合"对象！

✄ 图形对象的顺序

对于浮动对象来说，对象之间的关系是：后产生的对象，会位于上层！所以对象之间会有层层相叠的顺序关系。

① 文件中有三个重叠对象，先单击最
上层的"月亮"图形。

② 单击 绘图工具 > 格式 > 排列 的 置
于底层 命令，打开列表选择命令。

- 置于底层
- 下移一层
- 衬于文字下方

🎁 图形对象的对齐

　　将两个以上的图形对象对齐的时候，势必会改变其中至少一个图形对象的位置。

① 单击 开始 > 编辑 > 选择 > 选择对象
命令。

② 以拖动方式框选多个对象。

③ 单击 绘图工具 > 格式 > 排列 功能
区的 对齐 命令，打开列表选择对齐
方式。

- 默认会对齐页面

- 左右居中

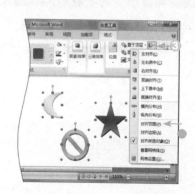

- 上下居中

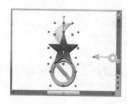

 提示

要使用 横向分布 和 纵向分布 这两个命令，必须至少选择三个以上的图形对
象，这时候 Word 会让各图形对象之间的距离保持相等。

组合图形对象

我们可以将各自独立的对象"组合"成单一对象，以方便管理。

1 单击要组合的图形对象，可按住 Shift 键不放，一个一个的单击。

2 单击 绘图工具 > 格式 > 排列 功能区的 组合 命令，打开列表选择 组合 命令。

● 对象组合成一体，因此只出现一组控制点。

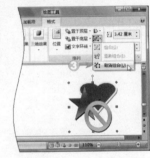

3 若要解除分组，则执行 取消组合命令。

8-5-3　压缩图片文件

当文件中插入的图片数量不少时，很容易增加文件的大小，不但占用硬盘空间，有时打开时，还要耗费不少的下载时间。通过 压缩图片 的功能，可以减少图片的大小。

1 选择要瘦身的图片，若全部图片都要压缩，那么选一张就可以。

2 单击 图片工具 > 格式 > 调整 > 压缩图片 命令。

3 出现 压缩图片 对话框。

● 勾选则只压缩选择的图片

4 单击 选项(O)... 按钮。

5 打开 压缩设置 对话框，视需要设置压缩选项。

6 单击 确定 按钮。

7 单击 确定 按钮。

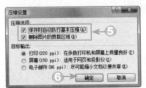

⑧ 将文件另存后关闭，比较一下执行
瘦身前后文件的大小变化。

● 压缩图片后

● 未压缩图片前

8-6 与图形对象有关的设置

您已经学会如何在文件中产生图形
对象，事实上在创建这些对象之前，若
能事先建立一些基本观念，将有助于提
高处理的效率。

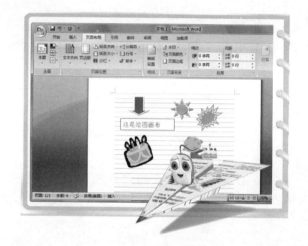

8-6-1 认识绘图画布

在产生 SmartArt 图形时，绘图画布 会自动出现，目的是将多个绘图对象以单一对象
来看待。当您想要在 绘图画布 上绘制多个图形对象时，可以自行产生。

① 单击 插入 > 插图 > 形状 > 新建绘图
画布 命令。

② 文件中的插入点位置会出现一空白
的画布。

● 画布没有边框或背景

● 绘图画布被选择时会出现 绘图
工具 选项卡

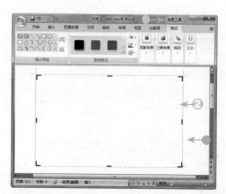

③ 可以利用本章所介绍的方法来创建绘图对象。

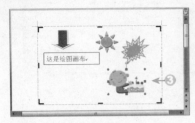

◦ 将剪贴画拖动加入画布中

◦ 绘图画布的大小与内容相符

④ 画布中的图形对象可以用拖动的方式移出画布，而成为独立的对象；画布外的图形也同样可以拖动进来。

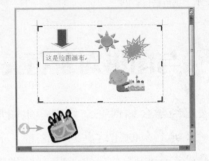

⑤ 调整绘图画布上的控制点可以调整画布尺寸。

现在已经知道绘图画布的功能了，可以决定要不要在产生自选图形时出现这个画布；在 Word 选项 对话框的 高级 类别的 编辑选项 区域中，勾选 插入 "自选图形" 时自动创建绘图画布 复选框，下次再插入自选图形时就会自动产生画布了。

● 勾选此项

画布的默认位置为 嵌入型，可以通过 文字环绕 命令来改变，在第 9 章会有关于图形对象位置的深入介绍。

8-6-2　**图片出现的默认位置**

在文件中产生图形对象时，根据图形粘贴的方式可以分为两种：嵌入型 与 浮动。嵌

入型 会出现在插入点位置，与文本一起左右移动；而 浮动 可以出现在文本的前方、后方或是与文本产生干扰而造成 文字环绕 的效果（在第 9 章会有图片位置与文本段落的进一步说明）。

除了自选图形外，在产生图片、剪贴画或艺术字时，皆可以预先设置图形对象插入的方式。在 Word 选项 对话框的 高级 类别的 剪切、复制和粘贴 区域中，默认的 将图片插入/粘贴为 选项是 嵌入型，可以视需要修改为其他方式。

8-6-3 显示网格线

在产生图形对象（尤其是绘制自选图形）时，如果有网格线作为参考，那么在绘制对象或移位时将更加精准。

① 单击 页面布局 > 排列 > 对齐 命令，从列表中勾选 查看网格线 复选框。

● 默认的网格线

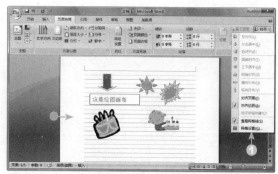

② 单击 网格设置 命令则打开 绘图网格 对话框。

③ 可以自定义网格线的水平、垂直间距值。

● 勾选后，在未显示网格线时，对象也能与网格对齐

 提示

当网格线显示时，对象在建立时就会与网格对齐。

● 水平、垂直间距设为1cm

图形对象的格式处理

了解文档中图形对象的产生和编辑方式后，接下来可以进一步设置图形对象的格式；Word 2007中格式化图形对象的操作变得更轻松、更容易，同时对象美化的效果也更加专业！

9-1 图片的格式化

美化图片的操作可不是图像软件的专利，在 Word 中只要几个简单的步骤，就可以将图片加工得美仑美奂！

9-1-1 表格与文字的转换

图片或剪贴画插入后，可以利用 调整 功能区的命令来调整图像效果，包括颜色、对比度，以及亮度等。

调整亮度

1 选择要调整的图片。

2 选择 图片工具 > 格式 > 调整 > 亮度 命令，从列表中选择一种亮度值。

● 立即显示调整的结果

调整对比度

1 选择要调整的图片。

2 选择 图片工具 > 格式 > 调整 > 对比度 命令，从列表中选择一种对比度值。

● 立即显示调整的结果

提示

选择 图片修正选项 命令可打开
设置图片格式 对话框，并位于
图片 标签，在此可同时设置图片
的亮度、对比度和颜色。

重新着色

① 选择要着色的图片。

② 选择 图片工具 > 格式 > 调整 > 重新
着色 命令，从样式库中选择颜色模
式或变体。

   ● 立即显示调整的结果

  当图片有白色的背景时，可利用
设置透明色 命令对其进行去背景处理。

① 选择图片。

② 选择 设置透明色 命令。

   ● 设置背景为透明

9-1-2   套用图片样式库

  除了调整图像效果外，新版对于图片的处理增加了许多既专业又美观的功能，通常只
在图像处理软件中可以处理的效果，例如：羽化、浮雕、透视等，都可以直接在 Word 中
设置，最重要的是：使用很简单！

① 选择要设置的图片。

② 选择 图片工具 > 格式 > 图片样式
功能区的 其他 按钮。

③ 从打开的列表中可以预览各种样式
套用的效果。

● 选择一种样式套用

● 去背景图像的套用效果

● 照片图片的套用效果

9-1-3　图片边框

可以为图片或剪贴画加上各种颜色，以及线条样式的边框，即使已套用了图片样式库
的图片，也可以再加上边框。

① 选择要设置的图片。

② 选择 图片工具 > 格式 > 图片样式 >
图片边框 命令，从打开的列表中选
择一种颜色。

③ 选择 粗细 命令打开列表，可设置
边框粗细。

④ 选择 虚线 命令打开列表，可设置
线条样式。

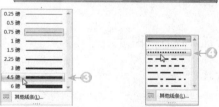

● 原图

● 设置边框颜色、粗细及虚线格式
的图片

提示

已套用样式库的图片也可以加上边框颜色。

- 原图
- 设置颜色
- 设置无外框

9-1-4　图片效果与形状

图片效果 包括了阴影、光晕、柔边、浮雕、三维旋转等特效，可以轻松地对图片进行改造。

1. 选择要设置的图片。

2. 选择 图片工具 > 格式 > 图片样式 > 图片效果 命令，从打开的列表中选择要设置的效果。

- 发光效果
- 5 磅柔化边缘效果
- 艺术装饰棱台效果
- 全映像（8pt 偏移量）
- 三维旋转（平行）
- 阴影（透视）
- 预设 9

已经设置了各种样式的图片，还可以加上各种形状来改变外形，原先设置的各种格式则不受影响。

1. 选择要设置的图片。

2. 选择 图片工具 > 格式 > 图片样式 > 图片形状 命令。

3. 从打开的列表中选择一种形状套用。

● 套用七角星形

● 套用泪滴形

提示

上述介绍的各种图片样式，可以在图片上重复设置；例如：已套用样式库的图片，可以再加上图片边框和图片效果，组合出令人惊艳的效果！

9-1-5 调整图片格式

对于以上介绍的各种图片格式，也可以进入 设置图片格式 对话框指定与调整，调整结果会立即反应在图片上。

1 选择已设置格式的图片。

2 选择 图片工具 > 格式 > 图片样式 的 设置形状格式 对话框启动器。

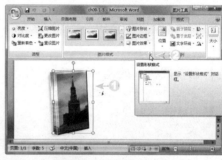

3 打开 设置图片格式 对话框，切换到要设置的项目，例如：三维格式。

● 调整各项参数值

● 调整三维格式的结果

4 再选择 三维旋转 项目，进一步修改各设置值。

5 单击 关闭 按钮。

● 调整三维旋转设置值的结果

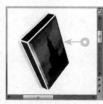

提示

在 设置图片格式 对话框中，还包括其他设置图片格式的选项，例如：填充、线条颜色、阴影等。还可以用其他方式进入这个对话框，例如：执行 图片工具 > 格式 > 调整 > 亮度 > 图片修正选项 命令，也可以进入此对话框并位于 图片 标签。当套用了各种默认样式库中的样式效果后，可以再进入此对话框做细部的微调。

● 填充格式　　　● 线型格式　　　● 阴影格式

9-1-6　更改与重设图片

对于已设置过各种格式的图片和形状，我们可以轻易地更改图片内容，或是恢复为原始图片。

① 选择已设置格式的图片或形状。

② 选择 图片工具 > 格式 > 调整 > 重设
图片 命令。

③ 再选择要更改的图片。

④ 选择 图片工具 > 格式 > 调整 > 更改
图片 命令。

● 重设的图片

⑤ 打开 插入图片 对话框。

⑥ 选择要更换的图片。

⑦ 单击 插入(S) 按钮。

● 更改图片的结果仍会保留原有的
格式设置

9-2 形状的格式化

产生各种形状时，这些形状默认的格式皆为黑色线条、白色填色。在 Word 2007 中，不用为形状的格式化伤脑筋，只要从现存的样式库中套用形状样式，就可以完成精美的形状。

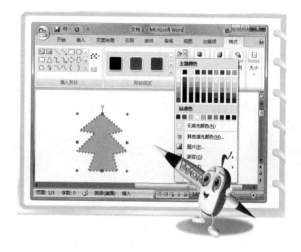

提示

文本框 属于形状的一种，因此针对文本框的格式化，其操作与形状相同。关于文本内容的格式化，参考第 3 ～ 5 章的内容。

9-2-1 套用形状样式

形状样式库 中组合了各种线条、填充、渐变和阴影的格式设置，可以轻松地套用于各种形状。

1 选择要套用的形状（可同时复选）。

2 选择 绘图工具 > 格式 > 形状样式 > 样式库 的 其他 按钮。

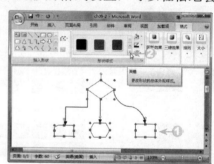

3 从打开的列表中可以预览各种样式设置的效果，并选择一种套用。

● 形状套用的结果

● 线条套用的结果

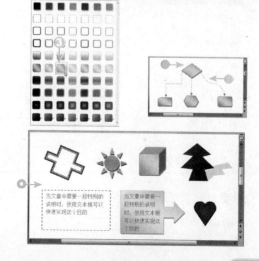

● 各种形状的套用效果

9-2-2 边框与填充效果

除了套用现有的样式库外，也可以自行设置形状的边框和填充格式。

① 选择形状。

② 选择 绘图工具 > 格式 > 形状样式 > 形状轮廓 命令，从打开的列表中选择要设置的选项。

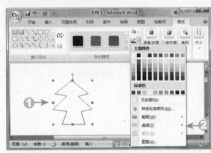

③ 继续选择 绘图工具 > 格式 > 形状样式 > 形状填充 命令，从打开的列表中选择要设置的选项。

● 设置2.25磅粗细及方点虚线的线条，先指定一种填色

● 选择一种渐变效果

● 选择一种纹理效果

● 选择一种图案效果

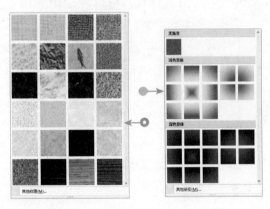

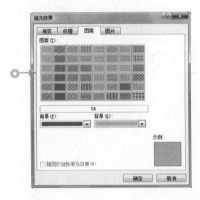

● 填充图片

● 填充渐变

● 填充纹理

● 填充图案

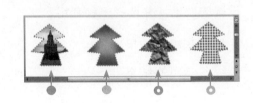

9-2-3 阴影效果

想要自行为形状加上阴影效果，基本上可以分成三个阶段：选择阴影样式、选择阴影颜色、微调。

① 选择要设置阴影效果的形状。

② 选择 绘图工具 > 格式 > 阴影效果 > 阴影效果 命令。

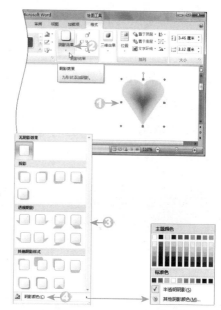

③ 从打开的列表中选择一种阴影样式。

④ 选择 阴影颜色 命令，打开色板指定颜色。

⑤ 接着以 阴影效果 功能区上的四个微调数值按钮，进行阴影的上、下、左、右调整。

● 设置/取消阴影切换按钮

● 阴影设置结果

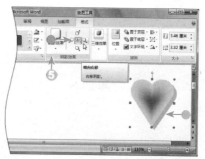

9-2-4 三维效果

　　为图形对象加上三维效果的过程，基本上也可以分成三个阶段，前两个阶段和设置阴影效果几乎完全相同；但是在微调的部分比较复杂。

① 选择要设置三维效果的形状。

② 选择 绘图工具 > 格式 > 三维效果 > 三维效果 命令。

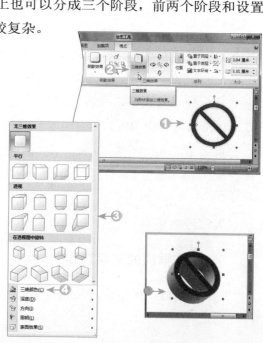

③ 从打开的列表中选择一种三维效果。

④ 再选择 三维颜色 命令，打开色板指定颜色。

● 三维效果16、橙色（较浅80%）

5 设置三维效果的 深度（投影的深度）。

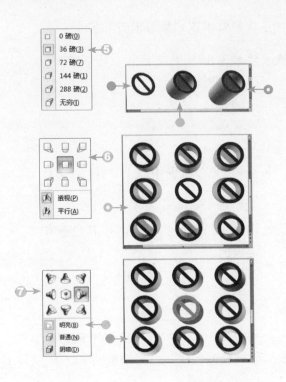

- 三维效果深度0磅
- 三维效果深度36磅
- 三维效果深度144磅

6 设置三维效果的 方向（投影的方向和方式）。

- 九种方向

7 设置三维效果的 照明（投射照明角度）。

- 9个"探照灯"表示不同的照射方向
- 设置光的明亮度

8 视情况设置三维效果的 表面效果（3D 外观）。

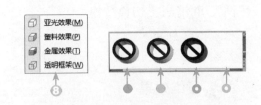

- 亚光效果
- 塑料效果
- 金属效果
- 透明框架

9 接着进行外形微调，以 绘图工具 > 格式 > 三维效果 功能区上的四个微调数值按钮进行调整，来模拟对象在三度空间旋转的角度。

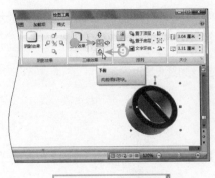

- 三维效果开/关按钮

- 原图
- 设置三维效果

9-2-5   文本框内的文字边距

　　产生文本框时，文本框的边框与框中文本之间会有默认的距离，而我们可以再自行调整。

① 单击文本框。

② 单击 文本框工具 > 格式 > 文本框样式 功能区的 高级工具 对话框启动器按钮。

③ 打开 设置文本框格式 对话框，切换到 文本框 选项卡。

④ 调整 内部边距 中各方向的值。

⑤ 选择 垂直对齐方式。

⑥ 单击 确定 按钮。

● 调整前

● 调整后

9-3 艺术字的格式化

产生艺术字后，除了更改文字内容外，也可以更换它的形状样式，或作进一步的格式变化。艺术字也可以有阴影和三维效果，设置的方式同 9-2 节。

9-3-1 套用艺术字样式

艺术字样式的更改主要分为 图库样式 和 形状 两部分。

① 选择已创建的艺术字。

② 艺术字工具 选项卡会自动显示，选择 格式 > 艺术字样式 功能区的 其他 按钮。

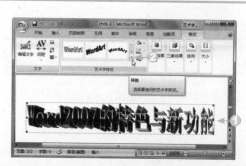

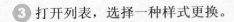
③ 打开列表，选择一种样式更换。

- 艺术字图库 中的每一种样式，
  都有其预先设置好的格式，包
  括颜色及三维效果等

④ 接着选择 艺术字工具 > 格式 > 艺术
  字样式 > 更改艺术字形状 命令。

- 已更改艺术字的样式

⑤ 打开列表，选择一种路径或弯曲，
  来改变艺术字的形状。

- 上凹下平的弯曲效果

提示

当艺术字为浮动状态时，会有多个
"调整点"可调整外形。

- "双波形2"的变形会有两个调整点

在 艺术字样式 功能区中的 形状填充 按钮可对艺术字的文字进行颜色填色；形状轮廓
按钮可以针对套用边框样式的艺术字，进行边框颜色的更改。

- 套用艺术字样式7

- 可设置形状填充及形状轮廓

9-3-2　文字的格式变化

在 艺术字工具 > 格式 的 文字 功
能区上还有一些工具按钮，可以对艺术
字作一些变化。

◆ 间距：可调整字距。

◆ 等高：艺术字中若包含字母，可以让大写或小写字母等高。

● 设置等高

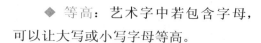

◆ 艺术字竖排文字：可将字符串改为竖排。

● 设置为竖排文字

◆ 对齐文字：当艺术字中的内容包含两行以上时，可设置每一行的对齐方式。

9-4 SmartArt图形的格式化

SmartArt 图形在产生时，会有默认的版面和格式，利用现有的样式库可以快速地改变其配置和外观格式。基本上，SmartArt 图形在格式化时，可以分为整体外观和个别图样两部分来进行。

9-4-1 整体外观的改变

我们以第 8 章所创建的 组织结构图 为例，介绍如何对整个组织结构图改变格式。

① 单击组织结构图的绘图画布。

② 选择 SmartArt 工具 > 设计 >SmartArt 样式 > 快速样式库 的 其他 按钮。

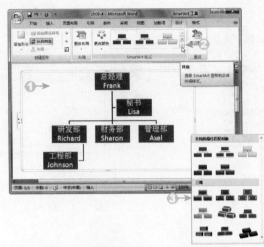

③ 从打开的列表中，可以预览不同样式的套用结果，并选择一种套用。

● 套用嵌入的快速样式

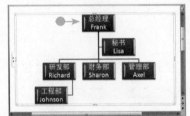

④ 接着选择 SmartArt 工具 > 设计 >SmartArt 样式 > 更改颜色 命令，从打开的列表中选择一种颜色配置套用。

● 六种辅色可套用

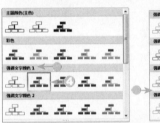 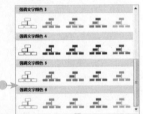

● 套用"彩色-辅色"的组织图

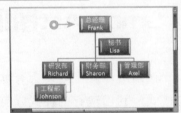

提示

选择 SmartArt 工具 > 设计 > 布局 > 更改布局 命令，可以快速变换为其他组织结构图。

● 选择可重设SmartArt图形为原始格式设置

9-4-2 个别形状的格式化

除了整体考虑 SmartArt 图形的外观外，也可以针对个别的形状和线条作格式化的更改，让 SmartArt 图形更有变化！

1 单击 SmartArt 图形中的个别形状。

2 切换到 SmartArt 工具 > 格式 选项卡的 形状效果 功能区可以针对图形作填充、轮廓和形状效果的套用。

- 黄色的形状轮廓，发光的形状效果。

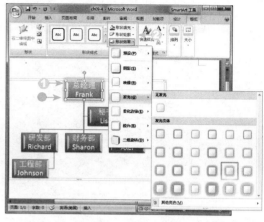

3 艺术字样式 功能区可以针对图形中的文字作填充、轮廓和文本效果的套用。

- 套用快速样式及三维旋转的文字效果

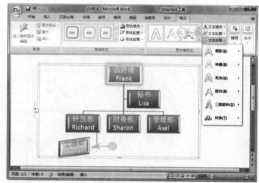

- 阴影效果
- 映像效果
- 发光效果
- 棱台效果
- 三维旋转效果
- 转换效果

单击 形状样式 功能区的 设置形状格式 对话框启动器，可以打开 设置形状格式
对话框作进一步的设置；单击 艺术字样式 功能区的 设置文本效果格式：文本框
对话框启动器，可以打开 设置文本效果格式 对话框，对文本作进一步的设置。

❹ 形状 功能区可以针对选择的形状，
作大小及外形的更改。

● 放大形状

● 更改形状

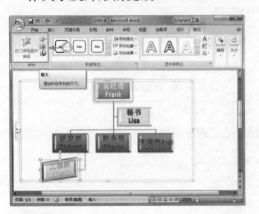

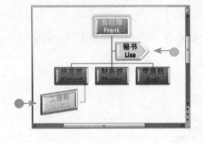

单击绘图画布，可对组织结构图
的画布进行填色和边框设置。

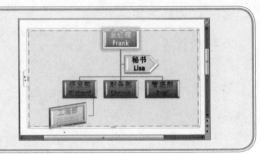

9-5 图形对象与正文的关系

图形对象在文档中产生时可以分为 嵌入型 和 浮动 两种方式，本节我们将进一步研究图形对象与正文段落间的关系。

9-5-1 图形对象的位置

在添加剪贴画、图片及 **SmartArt** 图形时，默认为 嵌入型 的插入方式，这种方式的特色是图片会随着段落、文本的增减而上下或左右移动，图片本身就相当于一个特别大的字 (事实上，可以对它设置各种文本格式)，这种配置就叫做 "嵌入型"。浮动的图形对象，则会随着某个段落的增减而上下移动。图形对象的排列方式，可以通过 排列 功能区的功能区命令来改变。

1 选择任一图形对象。

- 图片目前是 嵌入型

2 选择 图片工具 > 格式 > 排列 > 位置 命令，打开列表预览各种文字环绕的效果，并选择一种位置套用。

- 原为嵌入型
- 单击可打开 高级配置 对话框

③ 此时图片会改为 四周型环绕 。

● 图片成为浮动对象，不会再因文本的增减而左右移动。

9-5-2 图形对象与段落的链接

如果图形对象以浮动的方式插入文档中，它们仍与段落有密不可分的关系；那么是哪个段落会对这些图形对象产生影响呢？

① 先确认 开始 > 段落 功能区的 显示 / 隐藏编辑标记 命令已启动。

② 选择任一浮动的图形对象，例如：形状。

③ 在最靠近对象的段落左边界处会有一个黑色的"锚点"，锚点旁边的那个段落 (编号 1)，就是影响图形对象的段落。

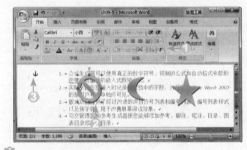

提示 如果"锚点"所链接的那个段落被删除的话，则图形对象也会跟着消失。

④ 将鼠标移到"锚点"上并按住不放，拖动到下方的段落 (编号 2)。

● 图片还是在原来的位置，它不会因"锚点"的移动而改变位置

⑤ 选择编号 1 的段落，按 Del 键将其删除。

● 形状并没有消失

● 其他形状随第一段消失了

从以上的操作中，我们知道"锚点"是可以移动的。将"锚点"从某个段落拖动到另一个段落旁边，其实就是改变与图形对象位置相链接的段落。在默认的情况下，图形对象会随着"锚点"旁边的那个段落一起上下移动。

提示

在图形对象里，图片和剪贴画可以被转换成浮动状态，浮动的对象也可以转换成 嵌入型。要怎么转换呢？参考下一节的"文字环绕"说明！

9-5-3 图形对象的文字环绕方式

基本上，浮动的图形对象和正文段落是位于不同的"层"面，理论上应该是互不干涉的；但是有时候为了制作一些特殊的排版效果，我们会让图形对象去影响正文段落的排列方式，称为"文字环绕"的配置。

可以将正文段落与图形对象的配置关系用"楼层"来想象：正文段落位于一楼，嵌入型 的图形对象和正文位于同一楼；浮动的图形对象可以位于二楼 (浮于文字上方) 或地下室 (衬于文字下方)；如果浮动的对象与正文位于同一楼，将会产生干涉而造成 文字环绕 (四周型、紧密型、穿越型、上下型)。通过 文字环绕 命令可以改变图形对象的文字环绕方式。

● **Word提供的文字环绕选项有7种**

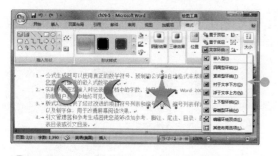

③ 图片成为浮动状态，且与文本紧密排列，可拖动到适当位置。

- ● 嵌入型
- ◻ 四周型环绕
- ◔ 紧密型环绕
- ◔ 浮于文字上方
- ● 穿越型环绕
- ◌ 上下型环绕
- ● 衬于文字下方

① 单击任一图形对象。

- ● 当前为 嵌入型 的文字环绕

② 选择 图片工具 > 格式 > 排列 功能区的 文字环绕 命令，从列表中选择一种文字环绕的样式，例如：紧密型环绕。

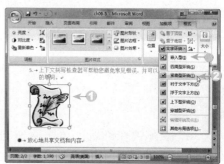

在文字环绕方式中，紧密型环绕 与 穿越型环绕 是最特殊的，因为它们可以让文本不规则地贴着图形的边缘排列，变化出不同的效果。究竟为什么文本可以绕着图形排列呢？

1 单击设置为 紧密型环绕 的图形对象。

2 选择 图片工具 > 格式 > 排列 > 文字环绕 > 编辑环绕顶点 命令。

3 图片四周出现黑色顶点及红色线条。

● 原来文本就是依照这些红色线条来排列的

提示

改变这些环绕顶点的位置，也就可以变化文本绕图的位置。

4 鼠标移到任何一个黑色圆点上 (此时光标会变成一个星形小框 "✦")，拖动可改变顶点的位置。

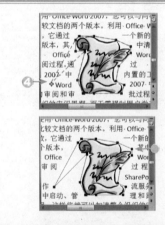

● 改变文本与图形的边缘排列

提示

按住 Ctrl 键在红线上单击并拖动可新增顶点；按住 Ctrl 键在顶点上单击则可删除顶点。

5 完成编辑后，在文本区单击一下，即可退出编辑模式。

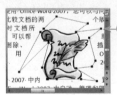

● 编辑过的"紧密型环绕"文字环绕配置

单击 图片工具 > 格式 > 排列 > 文字环绕 > 其他布局选项 命令，打开 高级版式 对话框，可以进一步指定图片的精确位置和文本与图形对象的距离。

● 先选择一种文字环绕方式

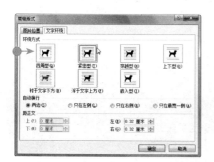

● 可进一步设置图形对象的水平、垂直位置

页面配置与打印

文档的"版面"就像一个人或公司的"门面"一样，通常第一眼的印象给人的影响很大，因此一点也马虎不得！而正确的打印设置，可让您随心所欲的印出完美的成果。

10-1 版面的基本设置

在创建一份新文档时，若能事先将页面设置好，可以在产生内容的同时掌握文档编排的情况，这样有助于事后的调整。

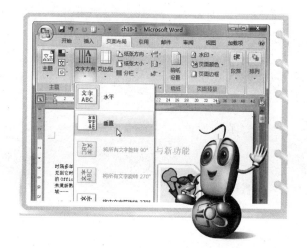

提示 有关文档版面的设置，对象通常会针对整份文档，因此设置时插入点可以在文档的任意处。

10-1-1 纸张大小与边距

创建新文档时，默认的版面是 纸张大小 为 **A4** 尺寸 (宽 **21cm**、高 **29.7cm**)，方向 则为 纵向。当要打印的纸张尺寸不是 **A4** 时，就必须修改版面大小以符合打印纸的尺寸。

1 单击 页面布局 > 页面设置 > 纸张方向 命令，改变页面的方向。

2 单击 页面布局 > 页面设置 > 纸张大小 命令，选择一种默认的纸张尺寸。

3 选择 其他页面大小 命令会打开 页面设置 对话框。

4 位于 纸张 选项卡，可以自定义纸张尺寸。

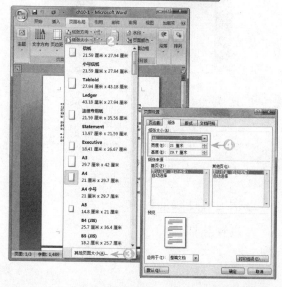

文档的页边距是指文档四周留白的区域，也就是指正文中的文本和纸张边缘之间的距离。一般来说，Word 会将文档打印在页边距设置范围之内，默认的左右页边距值各为 3.17cm，上下页边距各为 2.54cm。在 页面模式 下，可以清楚地看到文档的四个裁切角，即文档与页边距的分界线，从标尺上也可以清楚的辨认，浅蓝色的部分即代表页边距。

- 裁切记号
- 上边距
- 下边距
- 左边距
- 右边距

⑤ 单击 页面布局 > 页面设置 > 页边距 命令，打开列表，可以选择其他默认的边距值。

- 默认值
- 文档会按新边距值重新安排

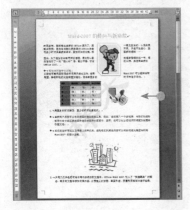

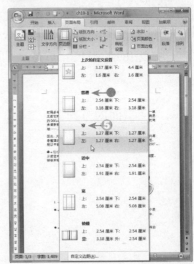

⑥ 单击 页面布局 > 页面设置 > 页边距 > 自定义边距 命令，打开 页面设置 对话框，可以自定义文档的页边距尺寸。

- 指定装订线位置
- 设置装订线尺寸

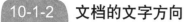

10-1-2 文档的文字方向

默认的文档，文本内容的走向是"水平"，也就是"由左至右、从上而下"的文本走向。不过对于中文用户来说，"垂直"文档也是一种不可缺少的版面走向。

提示

文字方向 的设置除了针对文档外，也适用于文本框和单元格中文本的走向。

1 单击 页面布局 > 页面设置 > 文字方向 命令。

2 从打开的列表中选择一种方向，例如：垂直。

- 这两种只适用于文本框和单元格中的文本

- 改为 垂直 的方向

- 注意！表格不会更改走向

- 浮动对象的位置也会改变

- 选择 将中文字符旋转270°

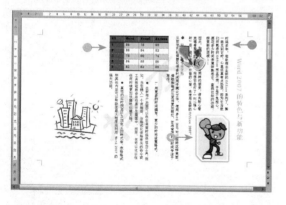

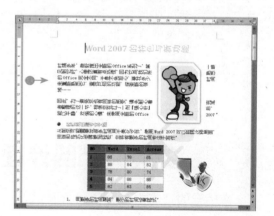

10-1-3 指定页面行数与字数

创建新文档时，如果想控制文档中每页的行数、每行的字符数，可以事先进入 文档网格 选项卡中指定。

1 单击 页面布局 > 页面设置 的 页面设置 对话框启动器。

② 打开 页面设置 对话框，切换到 文档网格 选项卡。

③ 单击 指定行和字符网格 选项。

● 默认的选项

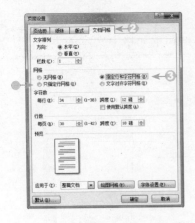

④ 在 字符数 指定 每行 或 跨度 (这两个数据有联动关系，所以只要调整其中一项即可)。

⑤ 在 行数 指定 每页 或 跨度 (这两个数据有联动关系，所以只要调整其中一项即可)。

⑥ 单击 确定 按钮。

文档将依行数和字符数的限制，来编排文本内容。

提示

若不想让段落文本受到 文档网格 的影响，可以在 段落 对话框中取消勾选与文档网格有关的复选框。

● 与文档网格有关的选项

10-2 多页文档的处理

文档中的文本内容会依据页面设置在可编辑的范围中编排，当内容超出编辑范围时，会自动产生相同版面的新页继续编排。在多页的文档中，可以视需要弹性调整文档的页面。

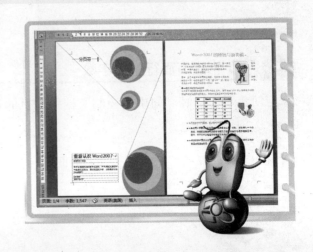

10-2-1 插入封面

制作报告、论文等文档时，少不了要加上"封面"，以往我们总会费尽心机的设计一些美仑美奂的样式，希望能有增值的效果；不过，这也经常耗费我们太多的时间，而显得有些舍本逐末。Word 2007 让您花更多的时间在文档内容的准备上，美工设计这类的差事，就交给 Word 吧！

1 打开一份已创建好的文档（或是空白的新文档）。

2 单击 插入 > 页 > 封面 命令。

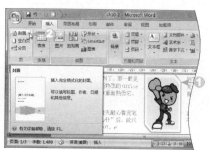

3 打开列表浏览 Word 默认的精美封面，选择一个适合文档题材的类型。

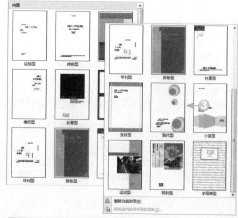

4 Word 自动在文档的首页加上封面。

● 自动加入包含图形和表格的内容

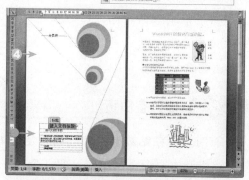

5 单击封面中以表格方式呈现的文本内容，一一单击具有提示文本的 控件。

● 单击以显示表格参考网格线

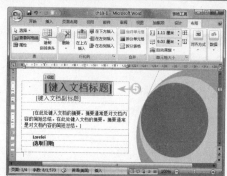

1+1 容易学 Word 2007

6 提示文本会反白显示，可以输入文本内容予以替换。

- 输入标题内容
- 输入副标题
- 从 日期 选择器中选择日期

- 标题
- 副标题
- 摘要
- 作者
- 日期

就这样轻轻松松完成封面的制作，封面上的表格还可再美化；图形对象也一样。改变 主题 时可以整体变化文档与封面的格式，在 10-5 节会有主题的介绍。

如果想删除该封面，可以执行 插入 > 页 > 封面 > 删除当前封面 命令将其快速删除。

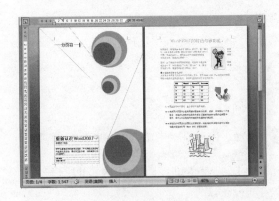

插入空白页

有时为了粘贴数据照片，我们会在文档中插入几页空白页。以前的版本可以手动插入分页符来产生空白页，现在只要一个动作就可以加入空白页。

1 将插入点移到要加上空白页的位置。

2 单击 插入 > 页 > 空白页 命令。

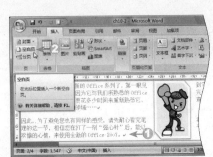

③ 插入点处产生两个分页符。

● 中间插入一页空白页

提示

选择这两个分页符并将其删除，即可将空白页删除。

10-2-3 将文档分节处理

在默认的情况下，文档的页面设置会适用于文档中的每一页，包括纸张大小、方向、边距设置等。但是有时候文档中的某几页或某部分内容，可能为了特别的因素而必须改变现有的页面布局。例如：在一份纵向的文档中的某个表格很宽，必须横向呈现；某几页的边距值要调整才放得下一张较大的图表；长文档中的目录页码格式要与正文页码格式不同。凡此种种与版面更改有关的问题，皆可通过"分节"来解决。

我们可以为"节"下个简单的定义：不同的节可以有不同的页面布局。在产生一份新文档时，这份文档默认只有一节，因此不管这份文档有几页，每一页都会有相同的版面 (包括纸张大小、方向、边距、栏数、页眉 / 页脚、文档方向等)。要在文档中产生一页 (或一部分) 与其他页面不同版面的内容时，就必须以"分节"来处理。

① 将插入点移到要产生分节的位置。

② 单击 页面布局 > 页面设置 > 分隔符 命令。

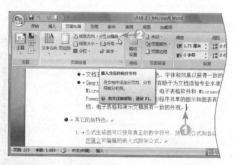

③ 从打开的列表中选择 分节符 > 下一页 命令。

④ 插入点位置产生一个"分节符"，会使插入点之后的内容移到下一页开始。

● 第一节　　● 第二节

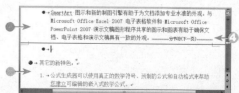

5 文档经过分节后变成两节，接着在第二节改变页面设置，例如将方向改为横向。

- 第一节为纵向
- 第二节为横向

如果是文档中的某范围要改变页面设置，则以下面这种方式操作会比较简单。

1 选择要与其他页面有不同页面设置的范围。

2 单击 页面布局 > 页面设置 的 页面设置 对话框启动器。

3 打开 页面设置 对话框，切换到要更改设置的选项卡。

4 进行更改，例如：纸张方向 改为"横向"。

5 在 应用于 下拉列表中选择 所选文字。

6 单击 确定 按钮。

7 Word 会在选择范围的前后各加上一个"分节符"。

- 选择范围的方向已改为横向

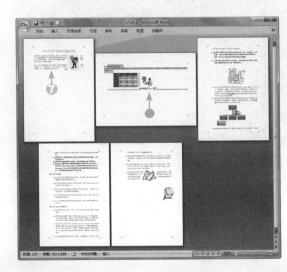

● 在 草稿 模式下可清楚看到两个
"分节符（下一页）"

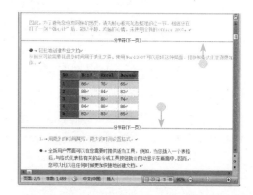

10-3 多栏式的版面

文档中的文本内容会依据页面设置，在可编辑的范围中编排，当内容超出编辑范围时，会自动产生相同版面的新页继续编排。在多页的文档中，可以视需要弹性调整文档的页面。

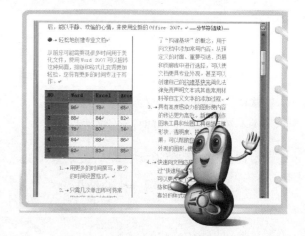

10-3-1 设置栏数与栏

在尚未替文档分栏前，默认整份文档都属于同一节，此时改变栏数，将影响整份文档的版面。如果我们只想改变文档某部分的栏数，就必须将此部分独立成单独的一节。只要选择文本范围，再应用栏的格式，Word 就会自动在选定文本的前后插入分节符。

1 选择要改变栏数的范围。

2 单击 页面布局 > 页面设置 > 分栏 命令。

3 从打开的列表中选择栏数。

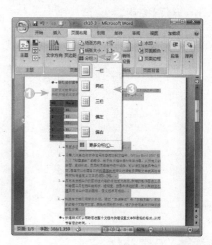

④ 选择的范围会变成多栏排列。

● **Word**自动在选择范围前后插入两个"分节符（连续）"

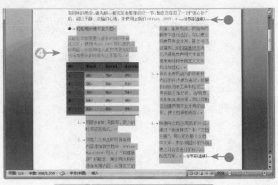

⑤ 在步骤 **3** 若选择 更多分栏 命令，会打开 分栏 对话框。

⑥ 先在 预设 中选择分栏的样式或指定 栏数。

⑦ 默认会自动勾选 栏宽相等 ，若要制作不等宽的栏，可取消此复选框。

● 这些栏的数值彼此有联动关系

● 预览 框中会显示分栏的结果

⑧ 接着可以指定 宽度。

⑨ 勾选 分隔线 可在栏间加上分隔线。

⑩ 应用于 设置为 所选文字。

⑪ 单击 确定 按钮。

● 不等栏宽且加上分隔线的两栏式排列

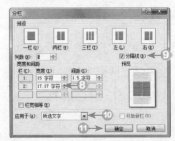

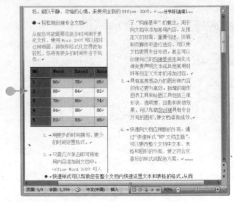

10-3-2 设置分栏

在设置多栏式的文档时，Word 会在适当的位置自动分栏；但有时我们会希望某段落从新的一栏开始，此时可以进行 分栏 。

1 将插入点置于新栏开始的位置。

2 单击 页面布局 > 页面设置 > 分隔符 命令。

3 从打开的列表选择 分页符 > 分栏符 命令。

4 插入点位置产生"分栏符"。

● 插入点以后的内容移到新栏开始

10-3-3 平衡栏长度

文档经过多栏处理后，如果有一栏比其他栏长时，我们可以调整各栏的长度，使每一栏都一样长，在外观上较整齐好看。

● 三栏编排
● 第2页栏的长度不一

1 将插入点放在需平衡的该栏文本尾端 (若该栏后面有分节符，将插入点放在分节符之前)。

2 单击 页面布局 > 页面设置 > 分隔符 命令。

3 从打开的列表选择 分节符 > 连续 命令。

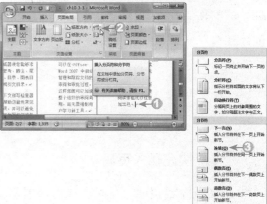

● 平衡栏后的结果

● 插入"分节符（连续）"

提示

本节介绍的是"蛇行式"的多栏编排，如果要制作"平行式"的多栏编排，以 表格 处理，如下图所示。

● 查看网格线 可看到参考网格线

● 未显示网格线的结果

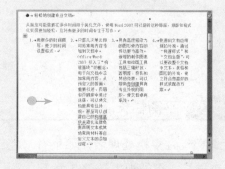

10-4 页眉和页脚

"页眉和页脚"可以说是文档中一块很有趣的区域，它们位于上下边界中，与正文是不相干涉的。在"页眉和页脚"区域所产生的内容有一个很大的特色，那就是：可以重复出现在文档的每一页！

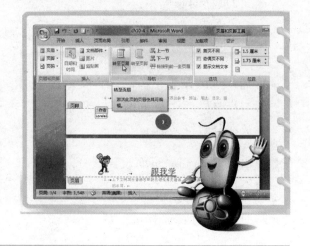

10-4-1 快速插入页码

当文档内容超过一页时，我们习惯替文档编上页码以利编辑或阅读。Word 2007 的样式库中内置了各种页码类型，可以快速在文档中产生美观的页码。

1 打开要插入页码的文档。

● 这份文档有4页

2 单击 插入 > 页眉和页脚 > 页码 > 页面底端 命令。

如果要在页面上方或边界处产生页码,则从 页面顶端 或 页边距 中选择页码形式;选择 当前位置 则会在插入点产生页码。

3 从打开的页码库中选择一种页码的类型。

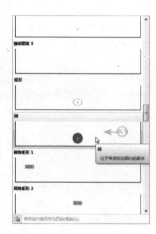

4 自动进入 页脚 编辑区,单击 关闭页眉和页脚 命令。

● 插入页码

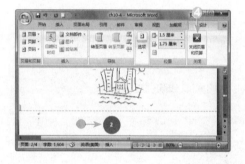

5 除了封面外,文档中每一页的相同位置都会产生页码。

有关页码格式化的操作,参考后面的小节。若要将页码删除,只要执行 插入 > 页眉和页脚 > 页码 > 删除页码 命令即可,不管是在页面顶端、底端或边距的页码都会同时被删除。

10-4-2 认识页眉和页脚

上一节在页面顶端或底端输入的页码,其实就位于页面的上边界与下边界区域中,也就是 页眉 和 页脚。

1 在 页眉（或 页脚）区域的任意处双击，进入编辑区。

- 正文区会变淡

- 页眉和页脚工具 选项卡会自动显示

- 标尺上已设置了居中和右对齐制表位

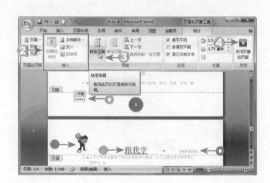

2 用 页眉和页脚工具 > 设计 功能区的命令，产生各种对象。

- 插入图片

- 产生文本

- 插入日期

- 文档部件

3 单击 页眉和页脚工具 > 设计 > 导航 > 转至页脚（或 转至页眉）命令，在页眉和页脚区域切换。

4 单击 关闭页眉和页脚 命令，回到文档中。

5 除封面外，文档中每一页的页眉或页脚区，都会有相同的内容。

10-4-3 使用页眉库和页脚库

除了快速插入页码外，我们已经知道进入页眉和页脚编辑区可以产生任何内容。在 插入 > 页眉和页脚 功能区中，可以直接单击 页眉（或 页脚）命令，从内置的 页眉库（或 页脚库）中单击 快速部件 来产生各类精致内容；然后再以 删除页眉 或 删除页脚 命令快速删除。

- 编辑页眉 命令可进入页眉编辑

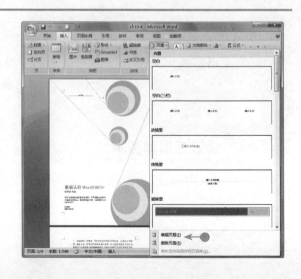

● 插入的结果

　　对于自行产生的页眉 / 页脚内容，如果经常在文档中使用，则可以存储到 页眉库 / 页脚库 中。

① 进入页脚区，选择插入的图像文件或字符串。

② 单击 页眉和页脚工具 > 设计 > 页眉和页脚 > 页脚 > 将所选内容保存到页脚库 命令。

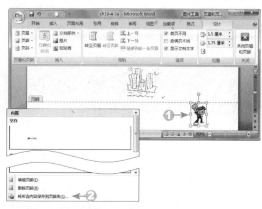

③ 出现 新建构建基块 对话框，先输入 名称。

④ 默认会显示在 页脚 图库中。

⑤ 选择在库中的 类别。

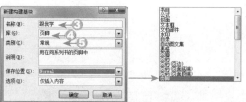

⑥ 在 说明 中输入简短说明。

⑦ 选择保存于 Normal 模板。

⑧ 单击 确定 按钮。

⑨ 以后可以直接从 页脚库 中选择。

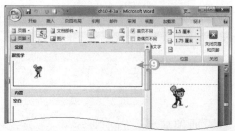

● 会自动在页脚区中产生相同内容

在要插入的图库上右击，选择 在当前文档位置插入 命令，则可以在插入点处产生内容，而不是在页眉（或页脚）区。

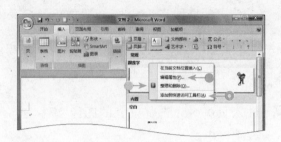

- 可打开 修改构建基块 对话框进行编辑
- 打开 构建基块管理器 窗口进行删除等动作
- 添加到 快速访问工具栏

内置的 页眉库 及 页脚库 中的内容会成组，以方便同时运用在页眉及页脚中，从而保持一致的风格。

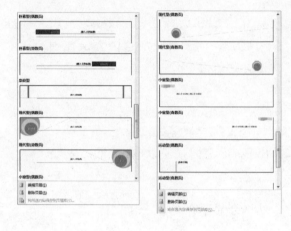

10-4-4　调整页眉/页脚的位置

当我们在页眉／页脚输入的数据内容超出默认的高度时，Word 会自动依最小高度的原则调整；也就是缩小正文区的范围，而增加文档的上、下边界值，以便容纳页眉及页脚的内容。其中页眉（页脚）与页面顶端（底端）之间的距离是一个固定值，不会因页眉（页脚）的内容多寡而改变，而这个值是可以指定的。

1 先进入页眉和页脚编辑区。

2 在 页眉和页脚工具 > 设计 > 位置 功能区中，指定 页眉顶端距离 或 页脚底端距离 的值。

- 页面顶端至页眉

 提示

单击 插入"对齐方式"选项卡 命令可打开 对齐方式选项卡 对话框，设置制表位来对齐内容。

10-4-5 页眉/页脚的选项设置

当文档的第一页（也就是首页）是类似封面性质的内容时，通常这一页的页眉 / 页脚会留白，而不加上页码或日期等内容；或者加上一些与其他页不同的内容。这时在 页眉和页脚工具 > 设计 > 选项 功能区中勾选 首页不同 复选框，就可以将文档的第一页设置成与其他页不同的页眉 / 页脚内容了！

- 勾选 首页不同
- 首页会出现 首页页眉/首页页脚
  的标签

- 其他页则仍为页眉/页脚

如果希望奇数页和偶数页各有不同的页眉 / 页脚内容，那么还可以勾选 奇偶页不同 复选框。这时在设置页眉 / 页脚内容时，就要弄清楚当前插入点所在的位置，才不会出错。

- 出现奇数页和偶数页的标签

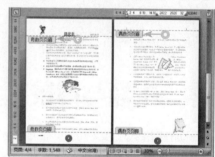

 提示　若希望文档的不同范围有不一样的页眉 / 页脚内容，例如：目录页和正文页的页码格式要不同，这时必须先对文档作分节处理。

选项 功能区中的 显示文档文字 复选框默认是勾选的，此时正文区的内容会变淡显示；取消勾选则正文区的内容会隐藏起来。

- 取消勾选 显示文档文字
- 隐藏正文区内容

10-4-6　调整页码格式

当在页眉／页脚中输入文本或插入页码后，仍可以如同在文档中格式化字符般作美化的动作。插入的页码是域，会因所在页码的不同而不同，默认的格式是阿拉伯数字，从 1 开始，这些都可以做调整。

① 在任一页的页脚区双击进入页脚。

② 单击 页眉和页脚工具 > 设计 > 页眉和页脚 > 页码 > 设置页码格式 命令。

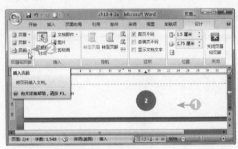

③ 进入 页码格式 对话框，在 编号格式 下拉列表中选择不同的格式。

④ 页码编号 选择 起始页码。

⑤ 接着选择或输入起始值。

⑥ 单击 确定 按钮。

● 页码格式会立即更改

● 状态栏 上会反应页码格式

10-5　主题与背景

为了加速格式化文档的过程并兼顾一致性的要求，Word 提供了许多实用的格式化功能，来美化文档的版面，轻轻松松就能制作出既专业又具现代感的文档。

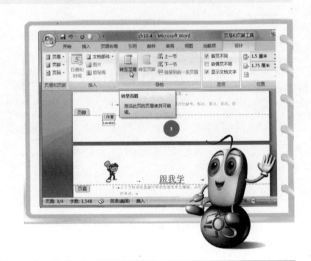

10-5-1　套用主题

文档的 主题 是一组格式设置的组合，包括了主题颜色、主题字体和主题效果，当套用文档主题时，会立即影响文档中使用的样式。主题 可以在 Office 程序间共用，以确保所有 Office 文档都有一致的外观。

1 打开要套用主题的文档。

2 单击 页面布局 > 主题 > 主题 命令。

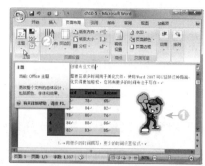

3 从打开的 内置 列表中，即时预览
套用任一种主题的效果。

- 可连上Office Online，浏览在线
  的其他主题
- 浏览存放在文件夹中的主题

- 套用"华丽"主题

- 套用"都市"主题

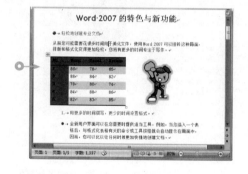

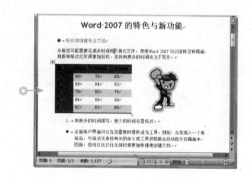

10-5-2 自定义主题

除了使用预先定义的文档主题外，也可以自定义；前面我们提到，主题包括了 主题
颜色、主题字体(标题及正文) 和 主题效果 (线条与填充)，若要自定义，必须更改使用
的颜色、字体线条，以及填充效果。如果希望将这些更改套用到新的文档中，那么可以另
存为自定义的文档主题。

1 单击 页面布局 > 主题 > 主题颜色
命令。

- 文档已套用"都市"主题

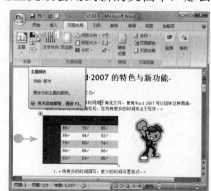

2 打开列表，选择 创建主题颜色 命令。

- 目前会指向套用的主题

3 打开 新建主题颜色 对话框。

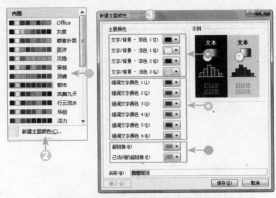

- 主题颜色含有4种文字与背景颜色
- 6种强调文字颜色
- 2种超链接颜色

4 单击要更改的主题颜色元件的按钮，选择要使用的颜色。

5 重复步骤 4 对要更改颜色的元件进行更改。

- 范例中会立即反应更改
- 单击此按钮可还原为原始的主题颜色

6 在 名称 栏中为新的主题颜色输入适当的名称。

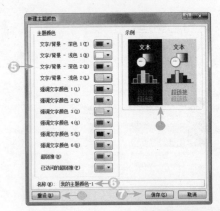

7 单击 保存(S) 按钮。

- 在 主题颜色 列表中出现自定义的主题颜色

8 单击 页面布局>主题>主题字体 命令，从打开的列表中选择 新建主题字体 命令。

- 目前会指向套用的主题字体
- 使用的标题字体名称及正文字体名称

⑨ 分别在 西文 及 中文 区域中，指定要
使用的 标题字体 及 正文字体。

⑩ 在 名称 字段中为新的主题字体输
入适当的名称。

⑪ 单击 保存(S) 按钮。

　● 出现自定义主题字体

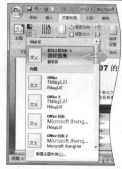

⑫ 单击 页面布局 > 主题 > 主题效果 命
令，选择一组主题效果。

　● 目前会指向套用的主题效果

提示

虽然无法创建一组自己的主题效果，但仍可以选择想要在自己文档主题中使用
的效果。

⑬ 单击 页面布局 > 主题 > 主题 > 保存
当前主题 命令。

　● 选择"顶峰"主题效果

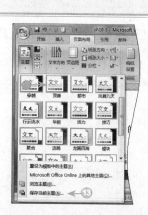

⑭ 在对话框中输入 文件名。

　○ 保存类型 为Office主题

　○ 保存在默认路径

⑮ 单击 保存(S) 按钮。

● 出现自定义的主题

提示

自定义的主题除了可以在新文档中套用外，也可以在其他Office应用程序(例如：Excel、PowerPoint)中使用。

10-5-3 页面边框与颜色

除了文本、段落、表格及单元格可以设置边框格式外，整份文档也可以设置边框，我们称其为"页面边框"。页面边框的格式，不只有线条的变化而已，生动活泼的艺术型边框可以让文档更醒目！

① 打开要设置页面边框的文档。

② 单击 页面布局 > 页面背景 > 页面边框 命令。

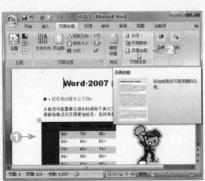

③ 打开 边框和底纹 对话框，并位于 页面边框 选项卡。

④ 从 艺术型 下拉列表选择一种样式。

● 指定是否文档四边都要加上艺术型

⑤ 选择要套用的范围。

⑥ 单击 确定 按钮。

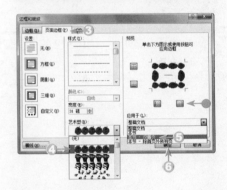

● 仅第一页加上艺术型边框

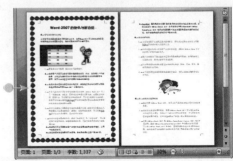

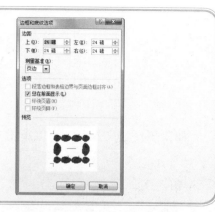

仔细观察会发现，页面边框
的位置是在边界中；与段落
的边框相同，可以在 预览
框中，弹性选择是否同时呈
现页面的四个边框。单击
选项(O)... 按钮，可以进一步设
置页面边框与边界间的距
离。

7 单击 页面布局 > 页面背景 > 页面颜
色 命令，打开颜色列表，可以为页
面背景套上颜色。

主题颜色 会随指定的主题
而变。

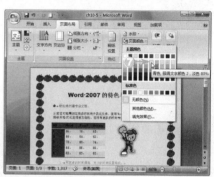

10-5-4　水印

　　我们经常在正式的文档上，看到变淡格式的"样本"、"仅供参考"、"机密"等文字重
复出现在文档每一页中，这种文本效果称为"水印"。我们可以轻松地从样式库中，替文
档加上水印！

1 打开要设置的文档。

2 单击 页面布局 > 页面背景 > 水印
命令。

3 从打开的样式库列表中选择一种适
当的水印来套用。

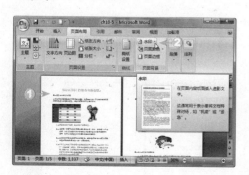

● 套用的结果

如果想自定义水印，可以单击 自定义水印 命令，打开 水印 对话框来设置。

① 单击 图片水印 选项。

② 单击 选择图片(F)... 按钮。

③ 找到要作为水印的图片。

④ 单击 插入(S) 按钮。

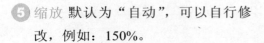

⑤ 缩放 默认为"自动"，可以自行修改，例如：150%。

　　● 冲蚀 复选框自动会勾选

　　● 单击 确定 按钮可直接套用

⑥ 单击 应用(A) 按钮可预览文档应用的结果，若不满意可重新选择图片。

⑦ 满意可单击 关闭 按钮。

○ 设置图片水印的效果

○ 文档中的每一页都会有水印

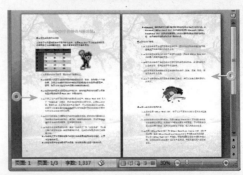

在步骤 1 若选择 文字水印，则可以设置 语言、文字 以及格式 (字体、大小、颜色) 等，产生文字水印。

● 也可以直接输入要显示的内容

● 文字水印效果

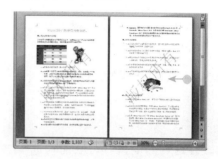

提示

要删除水印的设置，单击 页面布局 > 页面背景 > 水印 > 删除水印 命令。

10-6 打印文档

产生文档的过程中，少不了要进行打印，在打印文档之前，为求谨慎，一般 **Office** 系列的软件都会提供 打印预览 的功能，让用户先预览打印结果，以作为修改的参考。下面就来了解打印选项的设置，以打印出符合所需的内容。

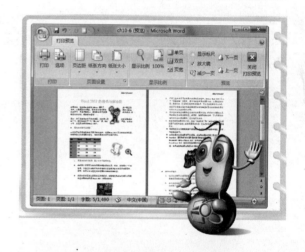

10-6-1 打印前的预览

打印预览 的目的，是要预防印出不符合需求的文档，并减少纸张的浪费。除了可以预先查看打印结果外，也可以在查看的同时更改文档的外观与内容。

① 打开要预览的文档。

② 单击 Office 按钮 > 打印 > 打印预览 命令。

❸ 进入 打印预览 模式，通过 打印预览 选项卡各功能区，可以进行版面更改，并以不同比例显示文档。

● 光标默认会呈"放大镜"状，单击可局部放大查看。

❹ 单击 预览 功能区的 下一页、上一页 命令，在页面间浏览。

❺ 要进行内容的编辑，可取消勾选 放大镜 复选框，让光标恢复正常。

● 进行编辑

❻ 完成预览，单击 关闭打印预览 命令。

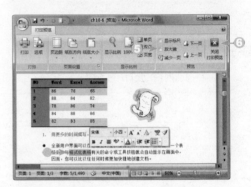

当文档只有两页，且超出一页的内容不多时，可以考虑利用 减少一页 命令，让 Word 将内容压缩成一页。

❶ 插入点放在第 2 页的字符串上。

❷ 单击 打印预览 > 预览 > 减少一页 命令。

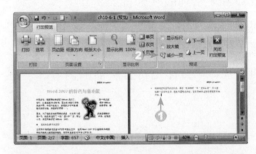

● 第2页的内容挤入第1页中
● 文档变成1页

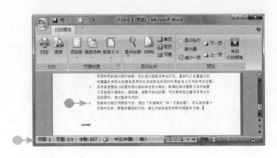

10-6-2　打印文档

经过预览并修正内容的程序后，可以准备打印文档了！接下来我们要学习如何打印整份文档，或只打印文档的某些特定部分，并调整打印的设置。

① 打开文档后，单击 Office 按钮 > 打
印 > 打印 命令。

- 单击 快速打印 命令则直接将文
  档从默认的打印机中印出

② 打开 打印 对话框，在 打印机 框
中，查看是否已安装或选定了适当
的打印机。

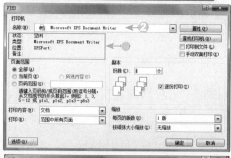

- 显示了目前连接的打印机名称、
  类型、目前状态。

- 单击 [属性(P)] 按钮更进一步指定
  打印的纸张大小、方向和品质。

③ 设置要打印的文档范围。

 提示

可以指定打印范围是 全部，或是 当前页 (插入点所在的页)，或是自定义从某
页到某页的页码。要打印文档开头的信封则输入 0；要打印非连续节中的选择
部分，例如：第 3 节的第 5 页到第 7 页，则输入 P5S3-P7S3。如果文档首页的
页码不是 1，打印时需以页码所显示的数字指定范围。

④ 指定打印的 份数。

- 勾选 逐份打印 复选框，在打印
  多份文档时，就可一份一份打
  印

⑤ 在 打印内容 下拉列表选择要打印
的项目。

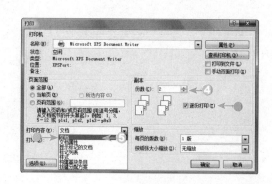

- 文档属性 指的是该文档的 摘要
  信息

⑥ 在 打印 下拉列表中选择要打印页
面的顺序。

⑦ 单击 选项(O)... 按钮。

⑧ 出现 Word 选项 对话框，并位于 显
示 标签，拖动到 打印选项 区域，可
以设置更多的打印选项。

⑨ 设置完单击 确定 按钮。

⑩ 回到 打印 对话框，单击 确定 按钮。

屏幕上会出现打印信息，没多久文档便从打印机中印出！

利用 打印 对话框中的 缩放 功能，可以将文档内容缩小打印。例如：选择 每页的版
数 为 "2 版"，则 2 页文档会印在一页中，因此 Word 会自动将文档内容缩小为 1/2。有了
这个缩小功能，再做文档校稿时，就不会浪费纸张了！

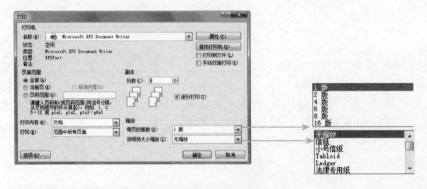

按纸张大小缩放 则可以依据要打印的纸张大小，让 Word 自动调整文档内容的比例再
印出！

编辑长文档

Word是处理长文档的最佳工具，举凡论文、报告或书籍的编排，通过专业的辅助工具，都能轻轻松松就完成冗长文档的作品。

11-1 使用大纲模式

大纲模式 是切换视图的一种，在这种模式下，文档以"级别式"的组织方式呈现。在使用时有一个观念很重要：大纲模式与"标题"段落样式的关系密不可分！通过"标题"样式的使用，才能产生级别式的大纲模式。

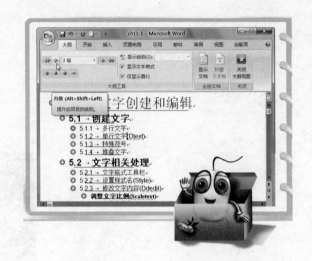

11-1-1 认识大纲模式

一般的用户通常会在 页面视图 下创建与编辑文档，如果要着手编写一份结构比较复杂的长文档，不妨在文档创建之初，就采用 大纲模式，可收事半功倍之效呢！首先我们来认识 大纲模式 下的文档会呈现哪种模样。

1 打开一份段落已套用了标题样式的文档，单击 视图 > 文档视图 > 大纲视图 命令。

- 也可单击 状态栏 上的 大纲视图 工具按钮
- 段落已套用标题样式

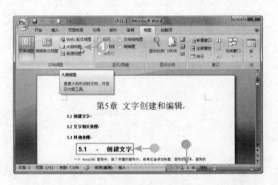

2 大纲 选项卡会自动显示，与大纲模式有关的操作都集中在 大纲工具 功能区。

- "⊕"号代表此段落包含了下级段落
- "●"号代表此段落未被指定级别，因此属于"正文"段落
- "⊝"号代表此段落没有下移段落

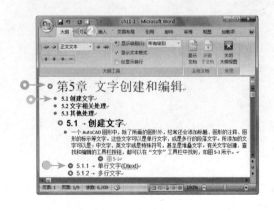

大纲模式 下，每个段落会根据套用的标题样式，分成十种级别：级别 1 ～ 9 和正文；"正文"其实就是未套用标题样式的段落。通常一些作为章名、节名或小节标题的段落，在套用标题 1 ～ 9 的样式后，大纲模式 就会自动呈现缩进的级别式架构。

11-1-2　展开与折叠

当文档在 大纲模式 下呈现级别式的架构后，对编辑文档有什么帮助呢？首先就是用户可以依需求查看要看的内容。通过"级别"的 打开 与 折叠，来查看文档的架构与内容。

1 单击 大纲 > 大纲工具 > 显示级别 命令，从列表中选择要显示的级别数。

● 单击 所有级别 命令则能查看所有段落

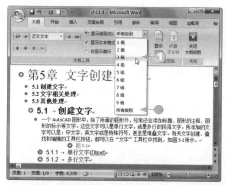

2 所有低于"3级"的段落会全部折叠 (隐藏) 起来。

● 文本下方的下划线表示该段落含有一些被折叠起来的内容

3 将插入点移至要折叠的段落上。

4 单击 大纲 > 大纲工具 > 折叠 命令。

● 该段落折叠至"2级"

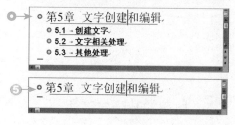

5 重复步骤 4，将该段落的下级段落全部折叠起来。

与 折叠 命令相反的是 展开 命令，每单击一次 展开 命令，段落往下展开一级；可以只打开某个段落的内容。

● 插入点在此段落

◦ 单击一次

● 只打开此段落的下一级

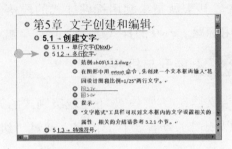

在默认的情况下，进入 大纲模式 时，会勾选 显示文本格式 复选框；如果取消勾选，则每个段落的文本会使用一致的文本格式。

● 取消勾选 显示文本格式

● 文本以正文格式显示

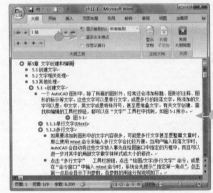

通常 大纲模式 下，我们比较在意各段落间的排序问题，比较不在意段落的完整内容。这时候可以勾选 大纲工具 功能区的 仅显示首行 复选框，让每个段落只显示首行的内容，使画面中可以查看更多的段落数。

◦ 勾选 仅显示首行

◦ 行尾的 "…" 代表段落后仍有内
容但被省略显示

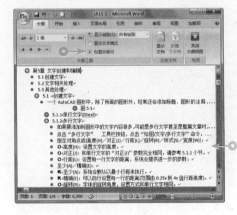

11-1-3 段落的升降与移动

使用 大纲模式 的另一个优点，就是可以有效率地调整文档的内容，包括段落的升降级与移动。

① 将插入点移到要升级的段落上（目前为"3级"）。

② 单击 大纲 > 大纲工具 > 升级 命令。

- 提升至标题1 命令可将段落直接升级为"1级"

- 往上升一级别成为"2级"

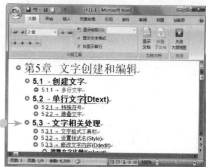

提示

若有多个相邻段落要同时升降级，可先选择这些段落再执行。

③ 插入点再移至要降级的段落上（目前为"2级"）。

④ 单击 大纲 > 大纲工具 > 降级 命令。

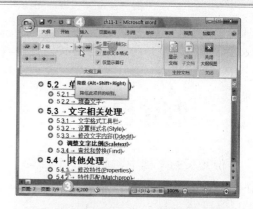

- 降级为正文 命令将段落降级为最低级的"正文"

- 降为"3级"

⑤ 要调整段落的位置，将插入点移至
该段落上。

⑥ 单击 大纲 > 大纲工具 > 上移 命令。

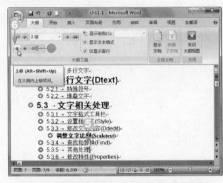

● 选择 下移 命令则往下移一个段
落

● 单击一次就往上移一个段落

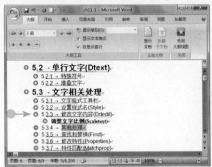

 提示

被移动的段落如果事先经过 折叠 处理，则上移或下移时，会将下层的所有段
落同时移动。

由以上的介绍可以了解，在 大纲模式 下，通过 升级、降级、上移、下移 命令，可以
很快地草拟并调整一份长文档的架构！而我们在文档开始创建时，就可以在 大纲模式 下
产生内容。

11-2 制作目录

一份冗长的文档中，如果少了目录
的介绍，就像一位求职者没有简历一样，
让人很难了解文档的内容。目录的内容
和格式关系到阅读者对该文档的了解程
度和评价，因此目录的正确性与美观性
是制作时要考虑的重点。

11-2-1 以标题样式制作目录

要想在 Word 中有效率地编排目录，首先文档中的各个标题段落最好套用样式，不管

是 Word 默认的标题样式，还是自定义的样式皆可。如果文档内容有套用标题样式，在制作目录时，Word 可以很容易地辨识这些标题内容，并加入目录中。

1 打开要制作目录的文档，目录通常位于文档一开始，将插入点移至要产生目录的空白段落上。

● 该文档的标题皆已套用Word默认的标题样式1～3

2 单击 引用 > 目录 > 目录 命令。

3 从打开的目录列表中选择一种目录样式套用。

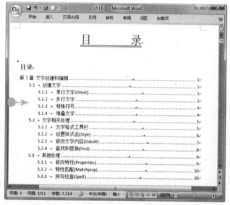

● 产生的目录

若选择 插入目录 命令，可以打开 目录 对话框，作进一步的设置。此部分请参考下一节的说明。选择 删除目录 命令，可快速将目录删除。

提示

> 产生目录之前，最好先隐藏 域代码 或 隐藏文本，以使页码正确。

11-2-2 以自定义样式创建目录

通常在创建文档时，我们习惯自定义文档的样式，而不采用 Word 的默认样式。因此，即使未套用标题样式，也可以创建目录。

1 打开已套用自定义样式"自定义1～3"的文档，插入点位于要产生目录的位置。

● 标题段落已套用自定义样式"自定义1～3"

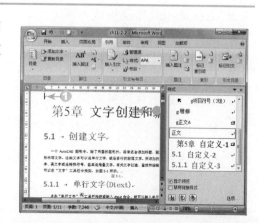

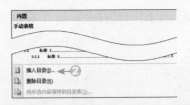

② 单击 引用 > 目录 > 目录 > 插入目录
命令。

③ 出现 目录 对话框，单击 选项(O)... 按
钮。

- 默认 显示级别 为 3，表示要在
  目录中显示的标题级数

④ 打开 目录选项 对话框，在 有效样
式 列表中，拖动滚动条查找用于文
档中要编入目录的样式。

提示

Word 默认会勾选 标题 1 ～ 3 的样式，可以将其反白后删除。

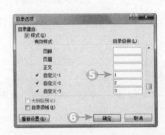

⑤ 在 目录级别 框中输入 1 ～ 9 的数
字，以指出要以该样式设置标题的
目录级别数。

⑥ 单击 确定 按钮。

⑦ 回到 目录 对话框，从 格式 下拉列
表中选择一种目录格式，例如：正
式。

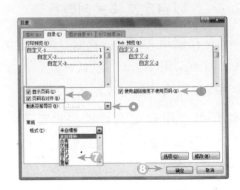

- 默认会以超链接代替页码
- 默认会显示页码且右对齐
- 默认的 制表符前导符 为点虚线

⑧ 单击 确定 按钮。

◎ 插入点所在位置会插入一个目录

当将鼠标指到目录上时，会出现提示要求按下 CTRL 键，再单击目录以跟踪链接。按下 Ctrl 键，光标会呈现手的形状 "🖑"，单击后画面会立即滚动到该标题的内容处。这是因为默认会勾选 使用超链接而不使用页码 复选框，这种方式适合在线文档的阅读。若不需此跟踪链接的功能，可以在 目录 对话框中取消勾选此复选框。

11-2-3 标记个别文本项目

如果目录中想包含未套用标题样式或自定义样式的文本内容，那么可以将文本项目单独标记，以纳入目录中。

1 选择要包含在目录中的文本。

2 单击 引用 > 目录 > 添加文字 命令。

3 从列表中选择该项目要标示的级别数。

提示

选择 "1级" 会使该段落套用 "标题1" 样式；选择 "2级" 则套用 "标题2" 样式，以此类推。

● 选择 "3级"

● 该段落自动显示为该级别所使用的标题样式 "标题3"

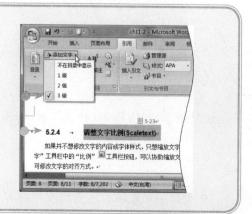

④ 重复步骤 1～2，将所有要出现在目录中的文本都标示好。

⑤ 接下来按前面小节的作法产生目录即可。

● 标示的内容已加入目录中

11-2-4　更新目录

在前面小节中所插入的目录，其实是 域 的结果，也就是说这个目录是一个"域代码"。我们可以选择整个目录，再右击选择 切换域代码 命令，即可将"TOC"域代码显示出来。

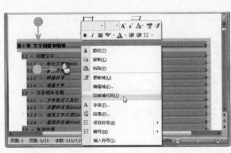

● 选择整个目录

● 右击

● 会显示域代码

提示

在域代码上右击，选择 切换域代码 命令，可再显示域结果。

若未选择整个目录，而是选择目录上的某文本，执行 切换域代码 命令只会显示"HYPERLINK"域代码。

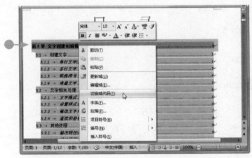

● 只选一个段落

● 只显示"HYPERLINK"域代码

由于目录是个域，因此当文档内容有增、删时，就可以更新目录以反应实际的内容。

1 将插入点移到文档的"第 5 章文字创建和编辑…."的上一段落。

2 单击 插入 > 页 > 分页 命令。

● 让目录单独位于第一页

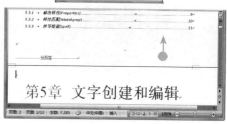

3 查看一下目录内容，将"5.2.2"段落的级别升级，并将内容修改。

● 原套用"自定义-3"

● 改套用"自定义-2"样式
● 修改文本内容

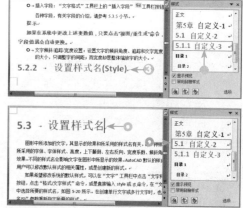

4 单击 引用 > 目录 > 更新目录 命令。

5 出现 更新目录 对话框，由于不只页码更改，连标题内容也有修正，因此选择 更新整个目录 选项。

6 单击 确定 按钮。

● 目录已更新

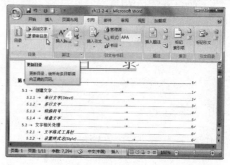

从 目录库 产生的目录，是一个 构建基块，当插入点置于该目录中时，目录上方会出现"选项卡"。

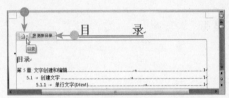

- 目录 命令可以更换内置的目录类型
- 单击可更新目录

11-3 使用脚注

通常在撰写论文或报告时，会引经据典以便让文章更有份量，同时在该页下边要替这些专有名词、词汇或出处作一番注释，这在 Word 中称为"脚注"。

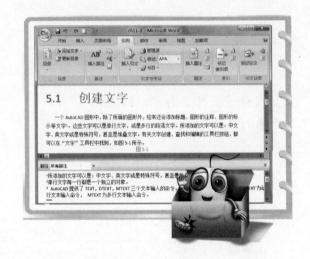

 提示

放在整份文档结尾的称为"尾注"，操作方式与"脚注"相似，彼此也可转换，因此本节中仅介绍 脚注 的用法。

11-3-1 插入脚注

产生脚注时 Word 会自动编号，一般脚注包含两个部分：脚注引用标记 和 脚注文本我们以实例来告诉您如何使用。

1 将插入点置于要加上脚注的文本之后。

2 单击 引用 > 脚注 > 插入脚注 命令。

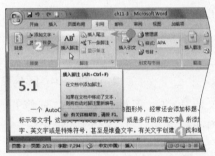

- 附注文本要放在文档结尾，则单击 插入尾注 命令

3 文档自动滚到本页下边，插入点位于页脚上端，可以输入脚注内容。

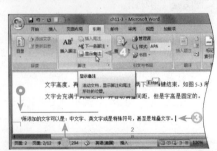

- 默认的脚注文本会显示在该页下边
- 脚注编号

4 单击 引用 > 脚注 > 显示备注 命令，文档会回到插入脚注的位置。

⑤ 重复上述步骤，插入其他脚注。

　　○ 编号2的脚注

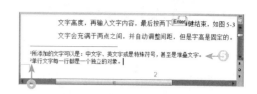

11-3-2　查看脚注

　　在文档中插入脚注的位置会产生编号的 脚注标记，查看脚注内容有以下几种方式。

① 将鼠标移到脚注标记上时会呈现
"▯"的符号，同时会出现脚注的
内容。

　　● 脚注引用标记

　　○ 脚注文本

② 在 状态栏 上单击以切换到 草稿 模
式。

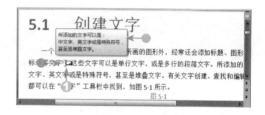

③ 单击 引用 > 脚注 > 显示备注 命令。

④ 打开 脚注 窗格，可以在此查看并
修改所有脚注内容。

　　○ 显示 脚注 窗格

　　○ 单击 关闭 按钮可关闭窗格

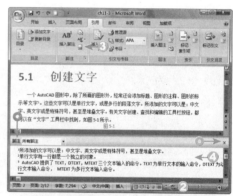

⑤ 单击 引用 > 脚注 > 下一条脚注 命
令，从列表中选择到上一条、下一
条脚注或尾注。

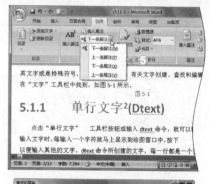

⑥ 单击 开始 > 编辑 > 查找 > 转到 命
令，可移动到脚注位置查看。

⑦ 从 选择浏览对象 按钮中选择 脚注
浏览 后，再以 按钮移动到脚
注位置。

11-3-3 编辑脚注

默认在插入脚注时，会以阿拉伯数字作为引用标记，这个标记的格式可以自定义，还可以改变起始号码。

① 单击 引用 > 脚注 > 脚注和尾注 对话框启动器。

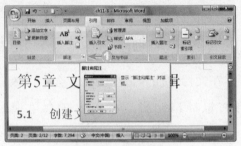

② 出现 脚注和尾注 对话框，默认为脚注，并位于 文字下方。

- 转换(C)... 按钮可转换脚注与尾注

③ 选择一种 编号格式。

④ 选择 编号格式 后可以修改 起始编号。

⑤ 修改 编号 为 每页重新编号。

⑥ 单击 应用(A) 按钮。

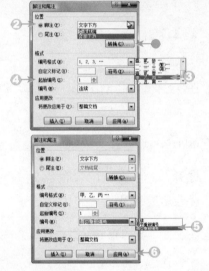

○ 改为"甲、乙…"的格式

○ 每页重新编号

脚注文本的内容也可以格式化，此外，还可以移动、复制或删除；而在做这些动作时，所处理的对象事实上是 脚注标记。选择脚注的 引用标记 后可以拖动到新位置。

● 格式化脚注内容

● 移动脚注标记

○ 移动到新位置

要删除脚注时，选择 脚注标记 再按 Del 键，此时脚注文本会自动删除，而采用自动编

号的脚注，Word 也会自动重新编号。

11-4 书签的使用

Word 中 书签 的用法，和我们平时看书报杂志时，在书页中放上一张书签或 3M 即时贴，以表示阅读进度、重要提示等功能相同。可以替文档中某个特定位置或某段范围命名，该名称即被称为"书签"。

11-4-1 定义书签

一般来说，在 Word 中使用书签的目的不外乎以下几种：

◆ 快速找到标注的位置。

◆ 可利用标注的数字作运算，并将结果插入文档中。

◆ 用链接的方式，将标注的文本内容插入另一份文档中，并自动更新。

◆ 创建文本交叉引用。

◆ 自动更新链接的文本。

一份文档中可以加入多个书签，书签并不会显示或打印出来，它只是一个用来标注位置的名称。

❶ 在文档中选择要标示的文本、项目或位置。

❷ 单击 插入 > 链接 > 书签 命令。

❸ 出现 书签 对话框，在 书签名 框中输入名称。

❹ 单击 添加(A) 按钮。

⑤ 依上述步骤为文档中"红色字符串"的标题都创建书签。

提示

书签名称的长度有 1 ～ 40 个字符的限制，其中不可有空格，且不能以数字或符号开头。

11-4-2 查看与删除书签

当在文档中产生了书签后，Word 会在产生的位置"作记号"，以便清楚辨识书签的范围。

❶ 选择 Office 按钮 > Word 选项(I) 按钮 打开 Word 选项 对话框。

❷ 选择 高级 类别，在 显示文档内容 区域勾选 显示书签 复选框。

❸ 单击 确定 按钮。

● Word会以"方括号"表示书签的开头及结尾

当不再需要某个 书签 时，可以将其删除，只需在 书签 对话框中选择该书签，再单击 删除(D) 按钮即可。

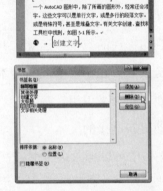

提示

删除的只是书签，并非所标示的文本！要删除文本内容，需在文档内选择后删除。

11-4-3 书签的应用

文档中插入书签后，究竟可以有哪些应用呢？我们归纳如下：

✄ 到某个标注的位置

进入 书签 对话框中，输入或选择书签名称后，单击 定位(G) 按钮，便可到达该书签所在的位置。

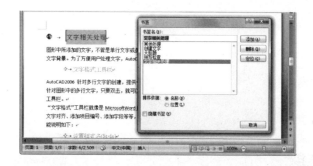

提示

单击 开始 > 编辑 > 查找 > 转到
命令，也可以找到书签的位置。

将标注的文本插入另一份文档中

可以将标注为书签的内容插入另一份文档中。

① 打开一份文档，单击 插入 > 文本 >
插入对象 > 文件中的文字 命令。

● 插入点在此

② 打开 插入文件 对话框，选择标注
有书签的文档名称。

③ 单击 范围(R)... 按钮。

④ 在 设置范围 对话框中输入书签名称。

⑤ 单击 确定 按钮。

⑥ 单击 插入(S) 按钮。

提示

若希望源文档中的书签内容
更新时，目的文档的内容也
能随之更新，则选择 插入为
链接 命令。

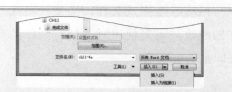

● 书签内容插入文档中

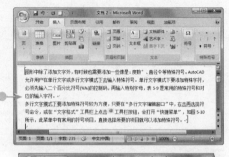

创建超链接

① 打开已创建好书签的文档，选择表格中的"重点一"字符串。

② 单击 插入 > 链接 > 超链接 命令。

③ 打开 插入超链接 对话框，链接到选择 本文档中的位置。

④ 在右侧框中打开 书签，并单击所要链接的书签。

⑤ 单击 确定 按钮。

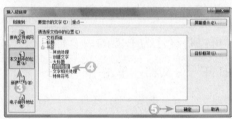

⑥ 重复上述步骤，将其他文本的超链接也创建好。

⑦ 将鼠标移到超链接字符串上，按提示按下 Ctrl 键后单击。

⑧ 可快速跳到该书签位置。

11-5 使用模板

　　当例行性的文档需重复产生，或同性质的文档经常被创建时，我们可以将同类型的文档以"模板"来处理。简单的说，"模板"是一种用来产生其他相同类型文档的标准格式文件。当某种格式的文档经常被重复使用时，最有效率的方法即是创建模板。

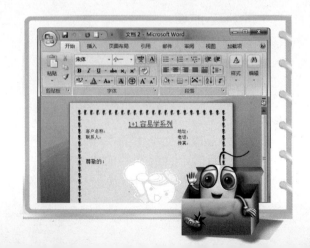

11-5-1 模板简介

举个简单的例子，一般商用书信、备忘录、公文或报告，通常都有既定的文档格式，模板便可以保存各类文档中的格式设置和内容，因此在制作上述各类文档时，就不需每次从头开始设置纸张大小、边界、字体、页眉和页脚等。使用模板可以节省时间，因为这些程序在模板中都已经事先做好了。

总的来说，一个利用模板产生的文档，会沿用模板的以下特性：

◆ 版面设置：例如边界、纸张方向、栏数目等。

◆ 定型文本：例如每一份报告的标题、正文中有相同的段落文本。

◆ 样式：使用样式可以让多份文档保有一致的格式。

◆ 其他：如果创建模板时，也同时产生了 文档部件、构建基块 或自定义了工具栏，并保存在该模板中，则依此模板创建的新文档也可以使用到这些项目。

新建 空白文档 时，Word 会以 NORMAL（即 标准模板）作为默认的模板来创建新文档。NORMAL 是 Word 用来保存共用项目的地方，所谓的"共用项目"是指无论文档使用哪个模板，都可以使用的项目，例如：工具按钮、功能区命令、文档部件等，Word 2007 的模板文件会以 .DOTX 为扩展名。

Word 本身提供的模板文档种类很多，包括：信件、传真、简历、日历、报告、贺卡、海报等，同时按所属范围归在不同的分类中，可以一一打开浏览。

1 单击 Office 按钮 > 新建 命令。

2 选择一种模板。

3 单击 创建 按钮。

4 Word 会以该模板为依据打开一份"新文档"，新文档的内容会与模板相同。

● 以 平衡简历 创建新文档

5 可以针对要编辑的部分进行添加或修改。

提示

除了本机安装的模板外，还可以随时连上微软的网站，浏览是否有新的模板可供下载。

11-5-2　如何制作模板文件

Word 内置的模板种类虽多，但是每个人的需求都不同，实在很难事事如意。只要具备创建文档的能力，那么就可以创建适合自己使用的模板。制作模板和创建文档的方式相同，只是存档时的扩展名为 .DOTX。有下列三种方法可以制作新模板，可视情况采取最适合的方法：

◆ 将现有的文档另存成模板。

◆ 在 新建 对话框中选择一种相近的模板，再选择 创建新的 模板 选项。

◆ 打开既有的模板并修改后，给予模板新文件名另存。

以下介绍第一种方式的创建。

① 打开新文档，并创建好模板所需的内容、格式等设置。

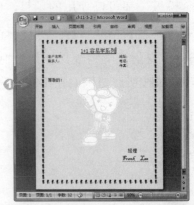

② 单击 Office 按钮 > 另存为 >Word 模板 命令。

③ 在 另存为 对话框中单击 Templates 文件夹。

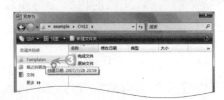

④ 输入 文件名。

⑤ 单击 保存(S) 按钮。

⑥ 单击 Office 按钮 > 新建 命令，在
新建文档 对话框的 模板 列表中选
择 我的模板。

⑦ 在 新建 对话框的 我的模板 选项卡
中，找到刚才新建的自定义模板名
称并单击。

⑧ 单击 确定 按钮。

● 打开以自定义模板创建的新文档

<hr />

11-5-3　文档的属性

从文档的 属性 中，也可以了解文
档是从哪个模板所创建的。

① 单击 Office 按钮 > 准备 > 属性 命
令。

2 文档上方会打开 文档属性 面板，可以输入与该文档有关的属性。

- 单击 关闭 按钮可关闭 文档属性 面板

3 单击 文档属性 下拉列表，选择 高级属性 命令。

4 在 摘要 选项卡中查看文档所使用的模板。

- 文档使用的模板

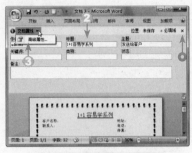

11-6 其他设置

Word 中还有一些不错的功能，在处理长文档时可以派得上用场。例如以写作为主的作家，字数控制很重要，字数统计 功能就可以轻松控制文章的字数；对于文本和段落，我们会希望能有"避头尾字符"的设置，同时创建段落样式时，也可以将段落控制的遗留与分页设置考虑进去。

11-6-1 字数统计

在 Word 中可以用命令来执行字数统计，当文档内容有增删时，只要一个动作就能重新计算字数、行数、段落数和页数等。

1 打开要统计字数的文档，单击 审阅 > 校对 > 字数统计 命令。

② 出现 字数统计 对话框，并列出各
种统计结果。

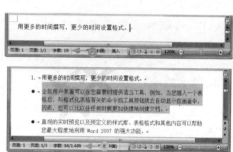

- 如果文档中有文本框、脚注和尾
  注，勾选后会一并计算进去。

③ 单击 关闭 按钮。

　　事实上当在文档中输入文本时，状态栏 上会立即反应文档的字数；也可以选择某个
范围，此时 状态栏 会显示选择范围的字数。

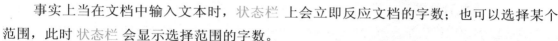

- 输入时立即统计字数
- 分母代表文档的全部字数、分子
  代表选择范围的字数

11-6-2　版式控制

　　中文书信中，很忌讳行首或行尾有标点符号遗留，因此比较讲究的人会先作好这些
版式 的控制。

① 单击 开始 > 段落 > 段落 对话框启
动器。

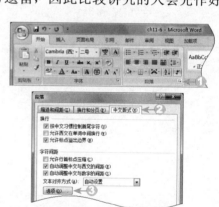

② 切换到 中文版式 选项卡。

③ 单击 选项(O)... 按钮。

④ 打开 Word 选项 对话框，并位于
版式 标签。

- 默认会选择 标准 选项

⑤ 可以选择是套用在目前的文档，
还是 所有新文档。

⑥ 在 首尾字符设置 中选择 自定义，
再在右侧框中增减不能使用的前
置标点和后置标点。

⑦ 单击 确定 按钮。

⑧ 单击 确定 按钮。

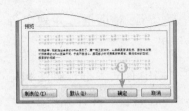

段落控制

除了行首和行尾的避头尾字符外，我们也不希望看到一个段落的首行位于一页的末尾，或是段落的末行位于一页的行首；为防止段落"孤行"的情况发生，在创建段落样式时，就可以将这些因素考虑进去。

❶ 将插入点置于要设置的段落中。

　● 此段落的末行位于新页一开始

❷ 单击 开始 > 段落 > 段落 对话框启动器。

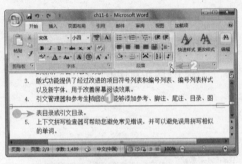

❸ 切换到 换行和分页 选项卡。

❹ 勾选 段中不分页 复选框。

❺ 单击 确定 按钮。

文档的审阅与安全设置

当文档将来要在线发布或是发送给其他人浏览、审阅时，如何收集其他审阅者的意见以及保护文档不受破坏，是非常重要的课题。Word 2007针对这个问题有了更完备的保护措施，可以放心地将文档传递出去。

12-1 在文档中增加批注

前面学习了"脚注"的使用，目的是对文档中的内容作进一步的说明；另一种替文档内容加注释的做法是加入"批注"，它们之间最大的差异是：脚注会打印出来，而 批注 一般不打印出来。批注 通常在线阅读文档时可以审阅，而且内容多半是作者或读者对某段内容的看法记录。

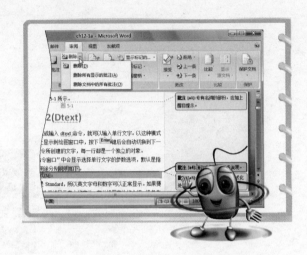

12-1-1 插入批注

批注文本产生时，默认会显示在文档边界的 批注框，通过审阅的方式可以显示出来。在文档中可以输入批注内容，或是制作声音批注，在 Tablet PC 上还可以插入手写的批注呢！

① 将插入点置于想加入批注的文本旁，或选择文本范围。

② 单击 审阅 > 批注 > 新建批注 命令。

③ 在边界出现 批注框，输入文本内容。

● 批注框

● 输入完批注内容

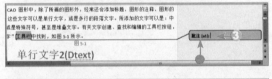

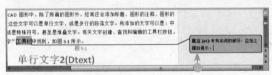

④ 重复上述步骤，在其他段落加上批注。

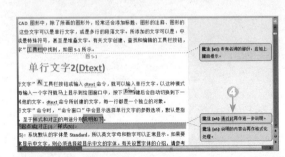

会发现 Word 在批注框中插入了一个 批注标记：审阅者的姓名缩写加数字编号。姓名缩写会采用 Word 选项 > 常用 对话框的个性化设置中 缩写 栏中的内容；数字编号会依批注的数目自动累加。

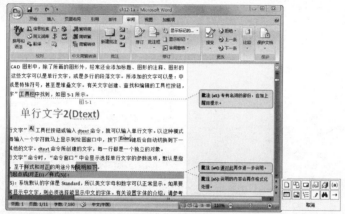

12-1-2　查看批注

当文档中加入许多批注后，通过 审阅 > 批注 功能区的 上一条批注 和 下一条批注 命令，可以快速在文档的各批注间移动查看；也可以通过选择 浏览对象 按钮来查看。

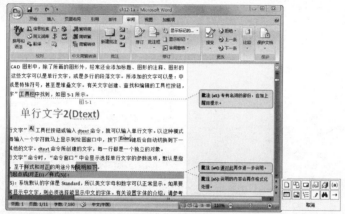

如果这份文档经过多人审阅，且审阅者都加上了批注，这时 Word 会自动以颜色来区分不同的审阅者。

● 批注的编号会重新排序

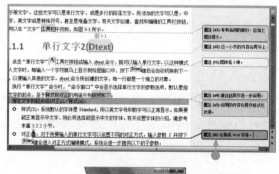

● 光标移到批注框上，会出现由哪
　个审阅者、于何时所加的批注
　提示

如果在浏览文档内容时，不希望受到其他审阅者意见的影响，可以暂时将批注框隐藏；或者只显示某个审阅者的批注内容。

① 默认的情况下，审阅 > 修订 > 显示以供审阅 命令中显示的选项是"显示标记的最终状态"，且 显示标记的 审阅者 为"所有审阅者"。

● 默认可以审阅这些项目

② 单击 审阅 > 修订 > 显示以供审阅 > 最终状态 命令，文档中会隐藏批注框。

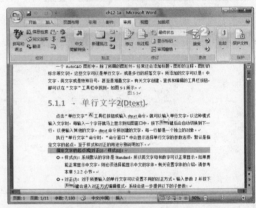

③ 单击 审阅 > 修订 > 显示标记 > 审阅者 命令，从列表先取消勾选"所有审阅者"。

④ 然后再勾选要查看的审阅者。

● 只显示admin1的批注

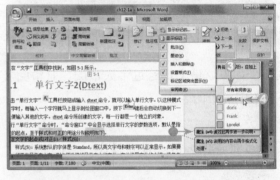

　　批注的内容是可以编辑的，只要单击批注框即可进行编辑。对于审阅者不错的意见，若希望纳入文档中，身为作者可以利用 剪切、粘贴 的方式，将批注内容贴入文档中。而对于不再需要的批注，可以选择后删除。

① 将插入点移到要删除的批注框中。

② 单击 审阅 > 批注 > 删除批注 命令，从打开的列表中选择要执行的命令。

● 只会删除选择的批注

● 删除目前显示的所有批注

● 删除文档中的所有批注

- 删除选择的批注
- 批注会重新编号

 提示

批注 的使用与 修订 的设置和操作息息相关，在下一节中我们将介绍如何使用修订 的功能。

12-2 文档的修订

简单来说，"修订"功能的目的，除了可以让作者保留对这份文档的修订过程外，也可以将不同审阅者对文档的修订意见记录下来；而身为文档创建者，则有权决定要如何处理这些不同的意见。对于经常需要与小组成员共享文档的用户来说，是一个最佳的文档管理工具。

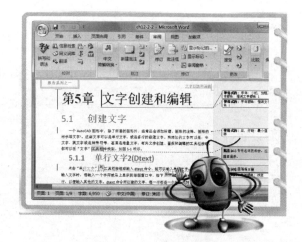

 提示

要完整的修订文档，基本上包含两个步骤：第一是设置修订的标示，并标示修改处；第二是决定是否接受修订。

12-2-1 在编辑时修订

文档在创建或打开时，默认是未启修订功能的，不过在启用之前，首先要先设置好修订标示的选项。

1 打开要设置的文档。

2 单击 审阅 > 修订 > 修订 > 修订选项 命令。

③ 打开 修订选项 对话框，针
对不同的选项进行设置。

④ 设置完单击 确定 按钮。

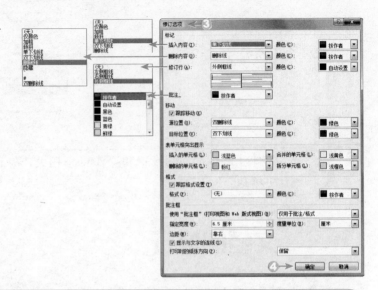

提示

对于如何标示修订，Word 有默认的设置，例如：新添加的文本，会以 插入 的
"下划线"标示；删除内容则以 删除 的"删除线"标示；修改格式时则以 修
改样式 的"外边框"标示在段落外侧，且通常会依审阅者而改变颜色；还可
以再视需要改变这些选项。

⑤ 设置好之后，单击 审阅 > 修订 > 修
订 命令，即可启动修订功能。

● 状态栏 上会显示已打开

提示

若 状态栏 上未出现修订是
否打开的提示，在 状态栏 上
右击，从快捷菜单中选择 修
订 命令，即可将其显示。以
后要打开、关闭修订功能时，
可直接在此单击。

● 单击可关闭修订

6 接下来开始进行文档的修订，文档上也会立即显示出修订的标示。

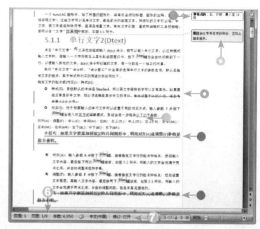

- 格式化文本
- 增加内容
- 删除文本
- 插入批注
- 移动

7 要关闭修订，在 状态栏 上单击。

要特别注意！关闭修订并不能清除已标示的修订，而是表示在关闭之后，所作的更改将不会被记录下来；要清除这些已标示的修订，必须通过 接受 或 拒绝 动作，参考后面小节的说明。

提示

如果这份文档要传阅，当文档的作者启用修订功能后，在将文档发送供审阅之前，会先进行"保护"的设置，以确保审阅者的任何修订会完整的记录下来。这部分请参考 12-3 节的介绍。

12-2-2 查看修订的内容

不管是要审阅文档的修订过程，还是要浏览其他审阅者所作的修订，都可以选择查看的方式。在默认的情况下，Word 会显示修订和批注，因此，显示标记的最终状态 是默认的审阅选项。

1 打开要查看的文档，画面中显示各种修订标示。

- 默认为 显示标记的最终状态

2 单击 修订 > 显示标记 命令，从打开的列表中选择要显示的标记类型，默认是全部勾选。

- 标记区域不呈现灰色的醒目显示

❸ 可以只查看某个审阅者的修订。

- ○ 查看doris所作的修订
- ○ 不显示插入和删除的标记

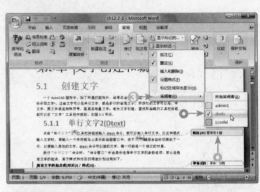

❹ 要以内嵌方式显示所有修订，单击
审阅 > 修订 > 批注框 > 以嵌入方式
显示所有修订 命令。

- ● 批注标记

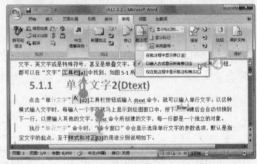

提示

隐藏修订标示并未将修订自文档中删除，必须以下一小节的方式才能将修订标记清除。

- ○ 将鼠标移到有修订之处会出现修订提示

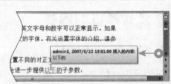

- ○ 选择 在批注框中显示修订 命令，则所有插入、删除等修订，都也会出现在批注框中

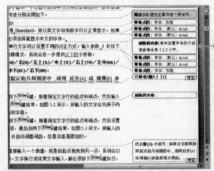

❺ 如果想看文档原始的内容，可单击
审阅 > 修订 > 显示以供审阅 命令，
从列表中选择 原始状态 命令。

* 显示标记的最终状态：呈现所有修订与批注的最终状态文档，此为所有在 Word 打开文档的默认查看状态。

* 最终状态：显示已将所有更改纳入的文档，不会显示修订；任何尚未被接受、拒绝或删除的修订或批注仍会保留在文档中。

* 显示标记的原始状态：显示原始文档及修订与批注。

* 原始状态：显示原始文档，不会显示修订；任何尚未被接受、拒绝或删除的修订或批注都会保留在文档中。

12-2-3 拒绝与接受修订

查看过修订内容后，若要决定是否将修订结果纳入文档中，或是永久删除修订标记，可以进行以下步骤。

1 打开文档，单击 审阅 > 修订 > 审阅窗格 命令，将修订记录的摘要窗格打开。

- 默认会打开垂直审阅窗格
- 单击可更新修订计数
- 单击可隐藏详细的摘要
- 摘要中会显示目前文档中的修订数目

2 单击 审阅 > 更改 功能区的 下一条 命令，开始查看第一笔修订内容。

3 单击 审阅 > 更改 > 接受 命令，从列表中选择要执行的命令。

- 停在文档区的第一条修订记录
- 接受更改并移到下一条修订记录
- 一次接受所有的修订

4 单击 审阅 > 更改 > 拒绝 命令，从列表中选择要执行的命令。

- 一次拒绝所有的修订

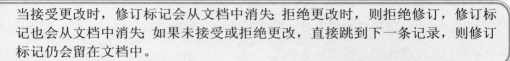

当接受更改时，修订标记会从文档中消失；拒绝更改时，则拒绝修订，修订标记也会从文档中消失；如果未接受或拒绝更改，直接跳到下一条记录，则修订标记仍会留在文档中。

⑤ 遇到 批注，可以按 12-1 节的方式处理。

⑥ 重复上述步骤 2 ~ 5，直到文档中没有任何修订的标记和批注为止。

在摘要窗格中，修订的更改和批注项目是依照主文档、页眉和页脚及脚注等区域作划分；文本框的更改也分主文档和页眉 / 页脚。

在接受或拒绝的过程中，若有任何反悔，随时可按下 撤消 命令还原前次的操作。若不想一次显示所有审阅者的修订，可以先在 显示标记 中选择审阅者，此时 摘要窗格 中会出现"已筛选"字符串。

- 已筛选
- 此时 接受所有显示的修订 命令会起作用
- 只显示admin1的修订

当摘要窗格中显示"0"个修订时，表示文档中所有的修订和批注都删除了。如果既想保留文档的修订过程，又不希望最终的文档发送出去时被人看到修订的痕迹，最好的方法就是为文档保留不同的版本：创建一份可用来公布的共用文档 (执行完"接受与拒绝")，再另存一份私人用的复本，并将所有修订和批注保留下来。

12-2-4　打印修订内容

要想打印出修订和批注内容，先要将显示的内容设置好，包括 显示标记 的选项、审阅者，然后在 打印 对话框中，从 打印内容 下拉列表中选择 显示标记的文档，即可将显示在画面中的修订标记内容印出。

○ 选择 标记列表 则是打印文档的
修订列表

在默认的情况下，Word 会以最适合打印文档中修订标示的缩放比例和纸张来打印，也可以将版面改为横向，以容易阅读的格式来打印；对于 批注标记 区域的版面 (右侧边界区)，则可以在 修订选项 对话框中设置。

● 指定宽度

● 显示的位置

○ 度量单位 可以是厘米或百分比

○ 以 版面设置 对话框的方向打印

● 将纸张改为横向使批注框有最大的空间

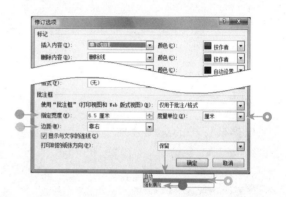

12-3 文档的安全性设置

Office 2007 中文档安全性的设置方式更有弹性、也更加严谨，这对于一些必须受到保护或使用限制的共用文档，将更有保障。

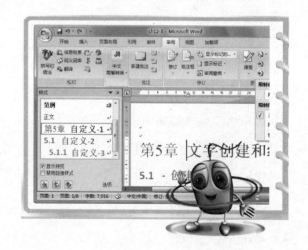

12-3-1 文档文件的加密

传统保护文档的方式，就是替文档加上打开文件时的密码。可以设置两种密码：打开文件时的密码 和 修改文件时的密码。不知道打开文件时的密码的人将无法打开文件，而修改文件时的密码 是为了防止文件被写入，但不会防止他人读取，不知道修改文件时的密码仍可以 "只读" 打开，若想修改内容则要以 另存为 方式保存。

① 打开要加密的文档，单击 Office 按
钮 > 另存为 命令。

② 在 另存为 对话框中单击 工具(L) ▼ 按
钮，从列表中选择 常规选项 命令。

③ 根据要保护的选项分别输入 打开文
件时的密码 与 修改文件时的密码。

④ 单击 确定 按钮。

⑤ 出现确认打开文件时的密码消息，
再输入一次。

● 单击 确定 按钮

⑥ 出现确认修改文件时的密码消息，
再输入一次。

● 单击 确定 按钮

⑦ 单击 保存(S) 按钮。

⑧ 下次打开此文档时，会要求输入密
码，正确输入才能将文档打开。

● 单击以只读打开

要解除密码设置，在步骤 3 将密码选择后删除。

12-3-2 将文档标记为最终状态

另一种情况是将文档标记为"最终状态"，让其他浏览者知道其为最终状态文档，并以"只读"方式打开。

① 单击 Office 按钮 > 准备 > 标记为最终状态 命令。

● 加密文档 命令也可以替文档设置打开文件时的密码

② 出现警告消息，单击 确定 按钮。

③ 出现文档已标记为最终状态的信息，单击 确定 按钮。

④ 状态栏 上出现 标记为最终状态 的图示。

⑤ 经标记为最终状态的文档，将会关闭或停用输入、编辑命令和校对标记。

● 功能区上的命令都没有作用

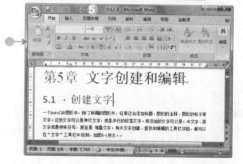

提示

标记为最终状态 并不能算是安全性的设置，任何人都可以再执行 Office 按钮 > 准备 > 标记为最终状态 命令来删除这个状态，并编辑文档。

12-3-3 只允许修订及批注

我们可以在保护文档时，限制审阅者可以对文档更改的类型，例如：允许插入批注或修订标示；或是只允许加上批注，这样可以确保文档不受破坏，而审阅者的意见也可以有表达的机会。

① 单击 审阅 > 保护 > 保护文档 > 限制
格式和编辑 命令。

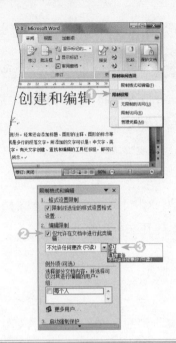

② 打开 限制格式和编辑 任务窗格，
在 2.编辑限制 下勾选 仅允许在文
档中进行此类编辑 复选框。

③ 从下方的下拉列表中选择可允许的
编辑类型，例如：修订。

 选择 修订 也会包含批注以及插入、删除和移动文本；选择 批注 则只允许加
上批注；默认为 不允许任何更改。

④ 单击 3.启动强制保护 下的 是，启动强制保护
按钮。

⑤ 出现 启动强制保护 对话框，请输入
密码。

⑥ 再输入一次以便确认。

⑦ 单击 确定 按钮。

 文档指定密码后，只有知道密码的审阅者才能删除保护。若不使用密码，则
所有审阅者都能更改您的编辑限制。

⑧ 任务窗格中显示文档已受到保护。

- 单击此按钮则停止批注和修订的
  保护
- 需输入密码才能解除保护

12-3-4　限制格式更改

当一份文档需要被传阅或供多人使用时，身为创建者，可能会希望文档中的某些段落
格式或样式不能被轻易更改，此时便可以启用保护机制，来限制这些格式的设置。

① 打开要限制的文档，文档中新建并套用了一些自定义的样式，例如：自定义 1 ～ 3。

② 单击 审阅 > 保护 > 保护文档 > 限制格式和编辑 命令。

③ 在任务窗格中勾选 限制对选定的样式设置格式 复选框。

④ 单击 设置 命令。

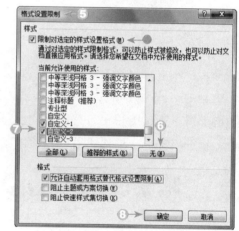

⑤ 出现 格式设置限制 对话框，默认会勾选全部的样式 (包含自定义的样式)。

● 默认只能对选择的样式设置格式

⑥ 单击 无(N) 按钮。

⑦ 再勾选允许在此文档中被使用的样式，例如：正文、自定义 -1、自定义 -2、专有名词。

⑧ 单击 确定 按钮。

 提示　若选择 推荐的样式(R) 按钮，会勾选样式名称后面有 "(推荐)" 的项目。若要保留某些自动格式设置，例如：输入 "1/2" 会自动变成 "½"，勾选 允许自动套用格式替代格式设置限制 复选框。

⑨ 出现警告消息，表示文档中可能包含不被允许的格式设置 (例如：自定义 -3)。

● 单击 否(N) 按钮

 提示　单击 是(Y) 按钮会删除它们，而此时套用 自定义 -3 的段落，其格式会被删除而成为 正文 样式；单击 否(N) 按钮则暂不删除，不过用户在编辑文档时仍无法使用该样式。

10 接着单击 是，启动强制保护 按钮。

11 出现对话框，输入打开文件时的密码。

12 再确认一次。

13 单击 确定 按钮。

14 可以从任务窗格中看到此份文档已受到密码保护，只能以特定样式来设置格式。

● 可使用的样式

15 单击 有效样式 可查看有哪些样式可用。

接着可以保存此文档并上传到共用区，当其他用户打开此文档时，会发现只能从可用的样式中套用格式，开始 功能区中与格式设置有关的命令将无法使用，若要解除保护必须先知道密码。不过用户仍可任意编辑文档，包括增、删或移动文本内容。有了格式设置的保护，就不用害怕文档格式被任意修改了！

12-4 删除文档中的隐藏数据

删除隐藏数据 的功能在 Word 2003 中，可以利用"加载项"的方式载入；Word 2007 则将此功能改进得更有弹性，并直接附加在新版本中，读者不需再以下载方式载入，使用上更加方便！

12-4-1 何谓隐藏数据

在准备使用这个功能前，首先读者应该对文档中什么是"隐藏的 (hidden)"或"隐私的 (private)"数据有基本的认识。

在编辑一份文档时，除了您所产生的内容外，有些信息并不是"直接"与文档本身有关的；例如可以在文档中加上"批注"，产生"修订的记录"。有些信息可能不是您主动加入的，而是由程序自动产生的，例如 摘要 中关于文档的属性及个人的隐私数据等，甚至文档中也会有一些肉眼无法察觉的 隐藏文本。

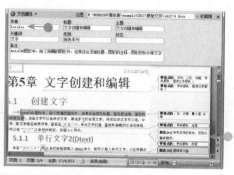

- 隐私数据
- 隐藏数据

对于记录文档信息的数据，我们称为"元数据"，它们通常由程序产生，并保存在文档中，可以将其归类为"隐私的"数据。文档的修订记录或是加注在文档中的批注，以及设置了"隐藏"格式的文本等，这些则称为"隐藏的"数据；也就是说，可以利用 查看 方式来决定是否显示或隐藏的信息。

文档在传递与分享的过程中，不管是隐私或隐藏的信息，有些可能是作者不希望被他人所知道的， 删除隐藏数据 的功能就是为了达到这个目的。文档中常见的隐藏（或隐私）数据，包括了文档文件的属性摘要（例如：作者）、批注、修订记录、页眉和页脚中的内容（包含水印）等。

12-4-2 检查文档

检查文档 的功能可以在准备将文档分享出去之前，搜索文档中各种不同类型的隐藏数据，并决定是否将某些隐藏数据删除。

1 打开要检查的文档。

2 单击 Office 按钮 > 准备 > 检查文档 命令。

先执行 另存为 命令，以便保留完整的文档内容，因为有被删除的信息是无法还原的。

③ 若文档尚未保存，会出现消息提醒，单击 是(Y) 按钮。

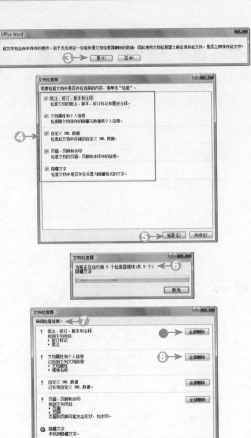

④ 接着出现 文档检查器 对话框，取消勾选不要检查的项目。

⑤ 单击 检查(I) 按钮。

⑥ 出现检查的消息。

⑦ 检查完毕，会出现对话框显示检查结果。

● 被检查到的项目右侧会出现 全部删除 按钮

⑧ 在要删除的数据右侧单击 全部删除 按钮，可永久从文档中删除该项信息。

⑨ 删除信息后，可再单击 重新检查(R) 按钮，重新检查一遍。

⑩ 单击 关闭(C) 按钮。

● 已经确定没有这些数据了

● 本例中要留下页眉/页脚的内容

⑪ 可以查看一下文档，是否已将不用显示的数据删除。

● 果然只留下页眉/页脚的内容

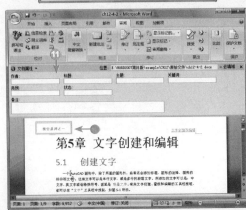

文档的 Web 功能与邮件

网络信息的发达，使各种格式的文件都可以网页化，以便在网络上交换与浏览。Word一向是公司企业或个人发送邮件的最佳工具，尤其是 邮件合并 的强大功能，让大量文档的处理更加便捷！

13-1 超链接设置

对于要在线浏览的文档，除了可以善用 文档结构图 来查看文档外，在第 11 章介绍书签的应用时，将其与超链接设置合并在一起，可以让浏览者自由自在地悠游于文档之间；除了文档本身间的链接设置外，也可以将文档和网页或其他文件之间创建起连接的桥梁。

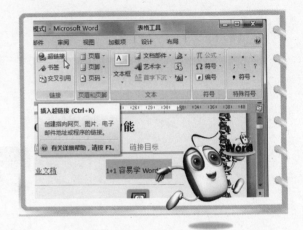

13-1-1 链接到文件

1 打开要设置超链接的文档。

2 选择欲执行超链接的文本。

3 选择 插入 > 链接 > 插入超链接 命令。

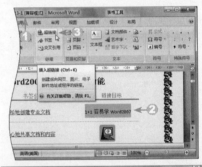

4 打开 插入超链接 对话框，链接到默认为 原有文件或网页。

● 会显示与选择字符串相同的内容

提示

> 若步骤 2 未选择任何字符串，可在进入对话框后，在 要显示的文字 框输入要作为超链接文本的内容。

5 找到要链接的文件。

6 单击 确定 按钮。

⑦ 当鼠标移至该文本字符串上时，会出现提示。

● 文本会以默认的超链接格式显示

⑧ 依提示按住 Ctrl 键再单击字符串，则会打开文件。

◎ 经链接过的超链接字符串会呈默认的紫色格式

要链接的文件格式不限于 Word 文档或现存的文件；在步骤 4 链接到 选择 新建文档时，可以链接到一份新的 Word 文档。

● 可先创建链接，稍后再新增文档内容

● 单击可更改文件路径

◎ 输入文件名称

◎ 单击 屏幕提示(P)... 按钮输入提示文字

◎ 显示提示文字

13-1-2 链接到网页

要设置超链接的对象也可以是图形对象，除了链接到文件外，还可以链接到网页中。

❶ 选择要执行链接的图形对象。

❷ 选择 插入 > 链接 > 插入超链接命令。

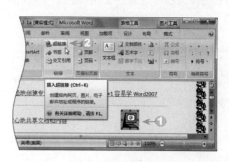

3 打开 插入超链接 对话框，链接到
选择 原有文件或网页。

4 单击 浏览 Web 按钮，将 IE 打开。

6 切换回 Word，地址 中出现网页的
网址。

7 单击 目标框架(G)... 按钮。

8 在 设置目标框架 对话框中，选择
用来显示网页的框架，例如：新窗
口。

9 单击 确定 按钮。

10 单击 确定 按钮。

● 指到对象上会出现提示，单击可
将网页打开。

5 找到要链接的网页。

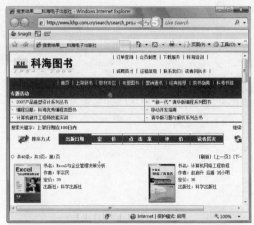

13-1-3 链接到电子邮件地址

如果对浏览的文档有意见或问题，想与作者联系，那么可以在文档中设置一个电子邮
件超链接，让浏览者可以单击后打开邮件系统，发信给作者。

1 选择要执行链接的图形对象。

2 选择 插入 > 链接 > 插入超链接 命
令。

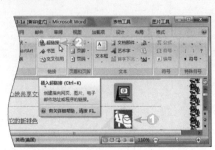

③ 打开 插入超链接 对话框，链接到
选择 电子邮件地址。

④ 在 电子邮件地址 栏中输入邮件地
址。

- "mailto:"字符串会自动出现

提示

如果要输入的电子邮件地址最近曾使用过，可以从下方的 最近用过的电子邮
件地址 中选择。

⑤ 在 主题 栏可预先输入要显示的主
题内容。

⑥ 单击 确定 按钮。

- 单击即可启动默认的邮件系统

- 收件人 和 主题 字段已有默认的
内容

13-1-4 编辑超链接

超链接创建后，可以修改链接文本或是链接的目标，对于不再需要的链接设置，则可
以删除。

① 将鼠标指到要编辑超链接设置的字
符串或对象上右击，从打开的列表
中选择要执行的命令。

- 可选择链接字符串或对象

- 可打开超链接的目标

- 可复制超链接

- 删除超链接设置

② 选择 编辑超链接 命令可进入 编辑
超链接 对话框，修改相关设置。

  ● 单击可删除链接设置

　　根据默认值，跟踪或打开超链接的方式，是 按下 Ctrl 键并单击超链接。可以在 Word
选项 对话框的 高级 类别中，清除 编辑选项 中的 用 "Ctrl+ 单击" 跟踪超链接 复选框。这
样在跟踪或打开超链接时，就不用再按 Ctrl 键了。

  ● 默认会勾选

  ● 不需要再按 Ctrl 键了

13-2 存成网页格式

　　对于不熟悉网页编辑软件的人，使
用 Word 也可以圆制作网页的梦。在
Word 中，可以像创建普通文档一样创建
网页内容，再将文档存储为网页格式；
也可以使用网页模板来创建网页。

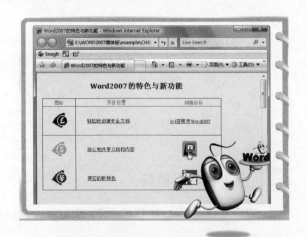

① 打开要存成网页格式的文档。

② 选择 Office 按钮 > 另存为 > 其他格
　 式 命令。

③ 打开 另存为 对话框，在 保存类型
下拉列表中选择 网页。

④ 单击 更改标题(C)... 按钮。

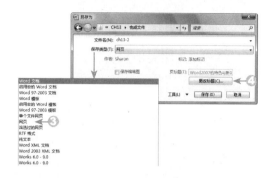

⑤ 在 设置页标题 对话框的 页标题 栏
中，输入要显示在浏览器标题栏上
的内容。

⑥ 单击 确定 按钮。

⑦ 单击 保存(S) 按钮。

⑧ 系统会自动进行兼容性检查，当发
现有不兼容的情况时，会出现消息
提示。

⑨ 单击 继续(C) 按钮。

⑩ 保存完毕，自动切换到 Web 版式视
图 查看。

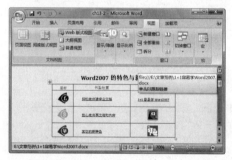

● 原文档文件

在选择存档的位置中，会出现成
对存在的 Html 文件和文件夹 "*.files"，
文件夹中包含了网页中的图像文件和格
式设置文件；当要将网页上传到网站时，
别忘了将这个文件夹一起上传，以免网
页内容出现"破图"等现象。

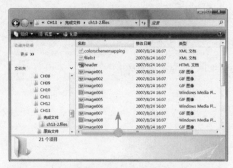

● "*.files" 文件夹中的文件

● 在IE下打开

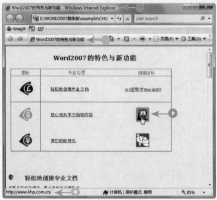

● 显示页面标题

● 单击超链接项目

● 链接的目标

　　在存成网页文件格式时，若选择列表中的 单个文件网页 格式，会将所有网站元件（包括文本和图形）保存至单一文件中。此封装可将整个网站发布为单一的 MIME HTML 文档 (MHTML) 文件，或将整个网站当作一个电子邮件消息或附件来发送。

● 文件格式为MHTML

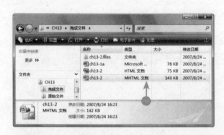

● 在IE下打开

13-3 信封与邮件标签

信封与邮件标签的制作与打印，可以让经常需要处理大量邮件的用户轻松许多。不管是制作哪种性质的信件，只要将收信人的相关数据先创建好，日后就可以直接选择后套用。

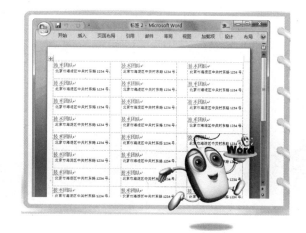

13-3-1 单一信封的制作与打印

利用 Word 提供的命令，可将地址印在各种信封上。对 Word 而言，用户为"寄信人"，要邮寄的对象则为"收信人"。

① 先将经常要书信往来的收信人数据创建在一份文档中，将插入点置于要打印在信封上内容的任意位置。

② 单击 邮件 > 创建 > 信封 命令。

③ 打开 信封和标签 对话框，位于 信封 选项卡。

④ 在 收信人地址 框中，会显示刚才插入点所在位置的格式化地址，也可以重新输入对方地址。

● 单击 插入地址 按钮可以从 Outlook 通讯录 选择地址

⑤ 在 寄信人地址 框中，会显示默认的地址数据。

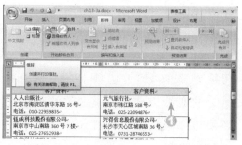

提示

Word 默认会采用 Word 选项 > 高级 > 常规 区域 通讯地址 栏中的内容，可以自行修改。

6 若不想在信封上印出 寄信人地址，勾选 省略 复选框。

● 预览中会只显示收信人

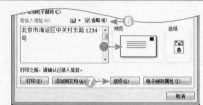

7 单击 选项(O) 按钮。

8 打开 信封选项 对话框，可选择 信封尺寸、收信人及寄信人地址的字体，以及打印在信封上的距离。

9 切换到 打印选项 选项卡，可选择信封的送纸方式或其他选项 (此处必须与打印机提供的打印服务互相搭配来选择)。

10 单击 确定 按钮。

11 将信封放入打印机内，单击 打印(P) 按钮会立即打印出含有收信人及寄信人地址的信封。

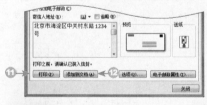

12 如果目前不想打印信封，则单击 添加到文档(A) 按钮。

13 Word 会将信封加入到目前文档的最前端，并以"分节符 (下一页)"分成另一页，在打印文档时，也可将信封印出。

● 方向为横向

● 收信人地址为图文框

如果稍后想更改信封地址的内容，可再执行一次该命令，并于修改后单击 更改文档(A) 按钮以反映更改；也可以直接在文档中修改。

这时若要打印，必须执行 Office 文件 > 打印 命令来进行打印，且该页编号为 0；通常该页要以手动进纸方式来打印。

● 在 打印预览 下可查看其页码为 "0"

13-3-2 单一邮件标签的制作与打印

对于要经常往返书信的用户来说，如果能将邮寄的地址印在单一的标签上或报表上，在使用时就很方便了。

1 插入点置于文档中的地址数据中。

2 单击 邮件 > 创建 > 标签 命令。

3 打开 信封和标签 对话框，位于 标签 选项卡。

4 在 地址 框中自动出现插入点所在位置的地址数据，也可以自行输入。

5 如果要印出寄信人的地址，则勾选 使用寄信人地址 复选框。

6 再输入发信人名称。

7 选择字符串后右击，选择 字体 命令进行格式化。

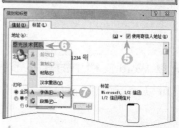

● 格式化的结果

⑧ 在 打印 下选择 全页为相同标签 选项。

⑨ 要选择标签类型，单击 选项(O)... 按钮。

⑩ 在 标签选项 对话框中指定标签样式。

● 单击 详细信息(D)... 按钮会出现该标签的高、宽等尺寸数据

提示

如果没有想采用的类型，可以单击 新建标签(N)... 按钮来自定义尺寸。

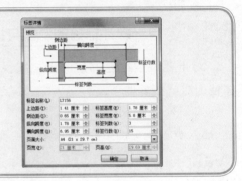

⑪ 回到 信封和标签 对话框，单击 新建文档(D) 按钮。

● 单击则进行打印

提示

由于修改了寄信人的地址资料，因此会出现信息框询问。

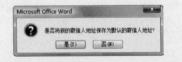

⑫ 标签先以 Word 文档中的表格形式产生，可以稍后再进行打印。

提示

选择 表格工具 > 格式 > 查看网格线 命令可显示表格网格。也可再视需要格式化标签内容。

在步骤8选择 全页为相同标签 选项时，一页能印出的标签数目，与选择或设置的标签大小及页面尺寸有很大的关系。可以调整该标签的各项数值，例如：高度、宽度、边界值，以及页面的横向及纵向标签数目。

若选择 单个标签，则可以指定要将数据打印在第几行、第几列的哪个标签位置。当使用的标签纸上有多个标签时 (例如 4×3 = 12 个)，可以利用这个选项，一次选择只打印在某个标签上，这样可重复使用这张有 12 个标签的标签纸！

● 打印在第1行、第1列的标签上

● 此时只能通过打印机输出此标签内容，无法以新文档的方式处理

13-4 邮件合并

前一小节中，我们所产生的是单一地址的信封或标签，如果有一封信想同时寄给不同的收信人，这种"一对多"的文档类型，就可以使用 邮件合并 的方式来处理。简单的说，邮件合并 是将一份 Word 文档与其他文件中的数据记录合并的功能。最常见的就是邮件合并及合并邮寄标签，本节将介绍这两种邮件合并。

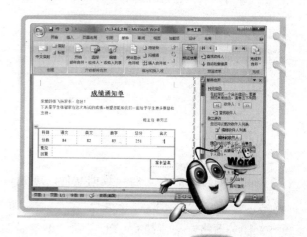

13-4-1 邮件合并三步骤

在执行邮件合并时，要使用的基本元件有三部分：主文档、数据文件 和 合并字段。

◆ "主文档" 是指有标准化的文本、图形等内容，会和每一份合并结果都一致的信息，例如：信件主体。

◆ "数据文件" 则是合并对象的信息，例如：姓名、地址、帐号等，可以用数据库的形式存放，可以用现有的 Word 数据库，或是以 Access 或 Excel 创建的数据库作为数据来源。

◆ "合并字段"是一个 合并域变量，用来指定数据文件中的数据，要放在主文档中的位置，域变量的结果会随数据文件中的数据而异。

● 主文档

● 合并字段

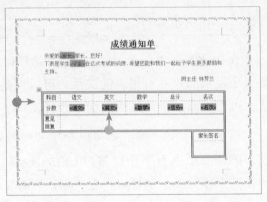

● 数据来源

○ 合并结果

可以创建新的主文档和数据文件，或是打开现有的文档作为主文档，也可以用现有的数据文件作为数据来源。在执行 邮件合并 命令时，如果不熟悉整个流程，可以通过 邮件合并 任务窗格，逐步执行以下步骤，不管是要套印信件还是打印邮件标签。

◆ 创建主文档。

◆ 创建或设置包含合并信息的数据文件。

◆ 在主文档中插入合并域字段名称。

◆ 最后合并主文档与数据文件。

13-4-2　合并信件

信件的合并是最常见的，其实信件只是一种通称，您的主文档不一定要是信件的类型。

1. 打开一份文档，这是一份"成绩通知单"。

2. 单击 邮件 > 开始邮件合并 > 开始邮件合并 > 邮件合并分布向导 命令。

3. 打开 邮件合并 任务窗格。

4. 默认的文档类型为 信函，单击 下一步：正在启动文档 命令。

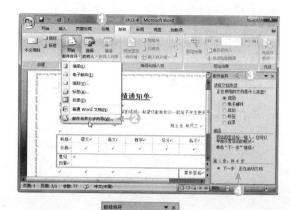

5. 同样采用默认值 使用当前文档，单击 下一步：选取收件人。

   ● 单击可打开其他现有文档

   ● 单击可回到上一步

6. 收件人来源使用以 Excel 创建的现有文件，因此采用默认的 使用现有列表，并单击 浏览 命令选择数据文件。

7. 在 选取数据源 对话框中找到要使用的数据文件。

8. 单击 打开(0) 按钮。

9. 出现 选择表格 对话框，选择要使用的工作表名称，或是在 Excel 中定义好的名称。

10. 单击 确定 按钮。

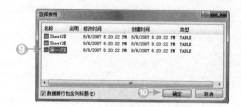

11 打开 邮件合并收件人 对话框，出现数据文件中的记录明细，此时若有某些记录不需要选择，可取消勾选前面的复选框。

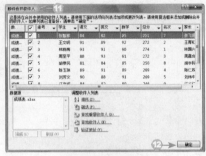

12 单击 确定 按钮。

13 接着单击 下一步：撰写信函。

14 接着准备在主文档中插入合并域，先将插入点移到要产生合并域的位置。

15 单击 邮件 > 编写和插入域 > 插入合并域 命令，从打开的列表中选择"家长"字段。

● 插入点位置出现 邮件合并域变量

16 重复步骤 14 ~ 15，将其他合并域插入文档中对应位置。

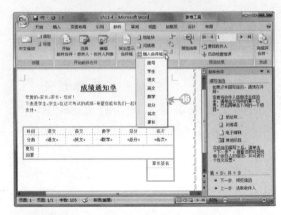

完成所有需插入的合并域后，
执行 保存 命令，将主文档先
行存档。

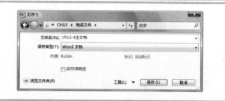

⑰ 单击 预览结果 功能区的 查看合并
数据 命令或任务窗格的 下一步：
预览信函。

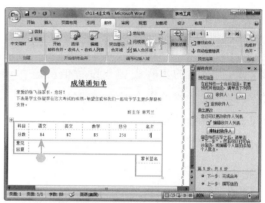

- 会在主文档中显示合并后的第一
  条数据记录
- 注意！插入合并域字段的位置已
  被数据替换

- 单击 突出显示合并域 命令
- 合并字段会以底纹显示

⑱ 要查看其他数据，单击 预览结果
功能区的 上一条记录、下一条记录
命令，或在框中输入编号。

- 也可单击此按钮

⑲ 单击 下一步：完成合并。

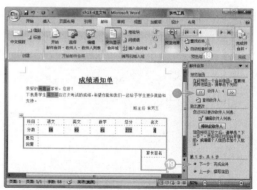

⑳ 单击 编辑单个信函。

㉑ 出现 合并到新文档 对话框，采用
默认的 全部 记录以合并到新文档，
单击 确定 按钮。

22 Word 会打开新文档"信件 x"，并以"分节符 (下一页)"分隔每一封信件，每一节由新的一页开始。

● 共10笔数据，所以有10页

在执行邮件合并的过程中，可以随时回到前面的步骤去更改设置值；已插入合并域字段的主文档与数据来源间彼此会有链接关系存在。若想将该份主文档恢复成一般文档的属性，可选择 邮件 > 开始邮件合并 > 开始邮件合并 > 普通 Word 文档 命令。

13-4-3 合并邮寄标签

使用 邮件合并 来合并邮件标签地址的操作方式，基本上与套印信件相同。以下我们将筛选 Excel 数据库"客户数据明细 .xls"中的数据，以合并所需的标签。

1 打开一份新文档。

2 单击 邮件 > 开始邮件合并 > 开始邮件合并 > 标签 命令。

3 打开 标签选项 对话框，选择"6091- 地址"产品编号。

4 单击 确定 按钮。

5 文档版面中出现表格网格。

6 单击 邮件 > 开始邮件合并 > 选择收件人 > 使用现有列表 命令。

7 选择数据来源文件"客户资料明细"。

8 单击 打开(O) 按钮。

9 出现 选择表格 对话框,选择"VIP客户 $"工作表。

10 单击 确定 按钮。

11 单击 邮件 > 开始邮件合并 > 编辑收件人列表 命令。

● 已出现合并打印字段

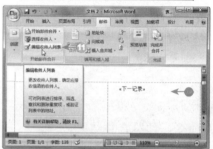

12 打开 邮件合并收信人 对话框,由于只要印出位于"北京市"的客户地址,因此单击 省市 字段右侧的下拉箭头,选择"北京市"。

13 单击 确定 按钮。

● 筛选结果只有4笔数据

14 插入点目前位于表格的第一个单元格中,单击 邮件 > 编写和插入域 > 插入合并域 命令,从列表中选择要插入的字段信息,例如:"客户名称"。

⑮ 按 Enter 键，另起一段。

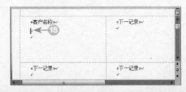

⑯ 重复步骤 14 ～ 15 插入所需字段。

⑰ 单击 邮件 > 编写和插入域 > 更新标签 命令。

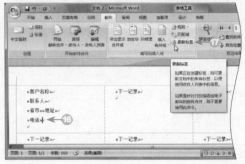

⑱ 将第一个标签的内容复制到页面的其他标签上。

⑲ 单击 邮件 > 预览结果 > 查看合并数据 命令，预览合并结果。

● 合并结果有4笔

⑳ 单击 邮件 > 完成 > 完成并合并 > 编辑单个文档 命令。

㉑ 出现 合并到新文档 对话框，默认为 全部 的记录，单击 确定 按钮。

㉒ Word 将合并结果至"标签 x"的新文档，可以显示表格网格，并加以格式化后存档，以备今后使用。

● 可再进行格式化

23 单击 Office 按钮 > 打印 命令，即可
打印出标签。

实用的小工具

当文档的内容创建完成后，通常会希望检查一下文档的拼写是否正确、多余的字符是否要删除、或替换某特定字符串等，针对这些需求，Word内置了许多不错又有效率的工具，来帮我们处理这些烦人却又必要的琐事。

14-1 效率专家—查找和替换

查找和替换 功能是 Word 中最有价值的工具之一，它能将文档中不该出现的字符串替换掉、更换合约中的客户代表名称、替换段落或字符的格式、甚至删除多余的空格和符号。善用这个功能，让您成为处理文档的效率专家！

14-1-1 查找并标示

在 Word 中查找字符串时，可以让所有找到的字符串同时显示出来，然后再决定如何作进一步的处置。

❶ 打开要处理的文档，插入点位于文档开始处。

❷ 单击 开始 > 编辑 > 查找 命令。

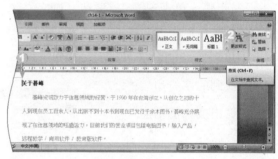

❸ 打开 查找和替换 对话框，并位于查找 选项卡。

❹ 在 查找内容 中输入"碁峰"字符串。

❺ 单击 在以下项中查找 按钮。

❻ 从列表中选择 主文档 命令。

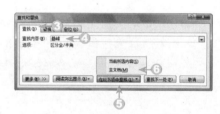

❼ 文档中会以反白标示所有找到的字符串。

● 显示找到几项的消息

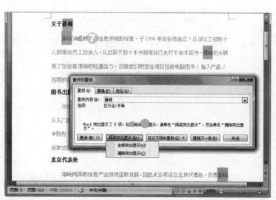

可以单击一下文档区，然后将这些找到的字符串作格式化处理，甚至 删除 这些内容。如果某些字符串要取消选择，可以按住 Ctrl 键单击该字符串，使其取消标示。再单击一下 查找和替换 对话框即可回到查找状态。

⑧ 单击 阅读突出显示(R) 按钮。

⑨ 从列表中选择 全部突出显示 命令。

⑩ 所有反白标示的文本会以突出显示标示。

● 如何删除突出显示的标示

⑪ 要继续寻找其他字符串，可重复上述步骤，否则单击 关闭 按钮离开对话框。

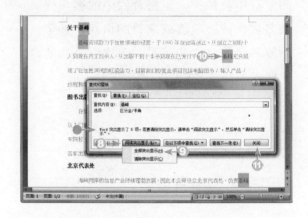

在步骤 5 单击 查找下一处(F) 按钮，则会一笔一笔标示符合的项目。当文档都搜索完后，会出现消息。

● 找到的字符串

● 退出搜索的消息

单击 更多(M) >> 按钮可以打开对话框，会看到许多的搜索选项，这些设置大都与英文文档有关，参阅后面小节的说明。

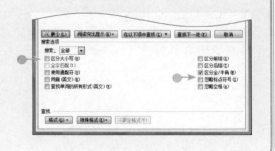

● 打开对话框

● 默认会勾选此项

14-1-2 **字符串的替换**

除了查找字符串外，我们还可以将字符串更改成其他内容。

1. 单击 开始 > 编辑 > 替换 命令，或按 Ctrl + H 键。

2. 打开 查找和替换 对话框，并位于 替换 选项卡。

3. 在 查找内容 中会显示前一次查找的内容，也可以输入要查找的内容。

   ● 查找内容 中可以保留前七次曾经查找过的目标

4. 将插入点移至 替换为 框，并输入要替换的字符串。

5. 单击 更多(M) >> 按钮。

6. 在打开的对话框中，搜索 默认为全部 (因此插入点在文档中的哪个位置并无所谓)。

7. 清除所有复选框 (因为这些大多与英文的设置有关)。

8. 单击 查找下一处(F) 按钮。

9. Word 会找到第一个符合条件的字符串 (这就表示 查找内容 内的输入是正确的)。

10. 单击 全部替换(A) 按钮。

11. 出现完成替换的消息，并告诉我们执行了几个替换。

12. 单击 确定 按钮。

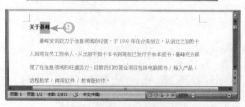

⑬ 欲继续进行下一个替换作业，则重复上述操作，否则单击 关闭 按钮离开对话框。

从以上的操作过程，我们可以明白几件事：

◆ 查找前，插入点置于何处并无太大的关系；除非要在某个特定范围查找字符串，此时可先选择该范围，而 Word 也会再询问您是否要搜索其他范围，若不需要则单击 否(N) 按钮。

◆ 可以先在文档中选择要查找的字符串，再进入 查找和替换 对话框中，查找内容 中会自动显示字符串，这样可避免输入错误找不到字符串的情况发生。不过若是选择的字符串超过一个字符以上，必须是有意义且可判断的单词或成语，Word 才能辨识而自动显示。

提示

可以先在文档中选择字符串后 复制，然后进入 替换 对话框中，插入点移至 查找内容 框，将之前的字符串删除，再按 Ctrl ＋ V 键粘贴内容。

◆ 输入完先别急着单击 全部替换(A) 按钮，先单击 查找下一处(F) 按钮，可以检查输入是否正确，因为哪怕多了一个空格，就有可能找不到字符串。

◆ Word 除了替换外，还能统计该查找字符串出现的次数。

要恢复成 替换 前的字符串，关闭对话框后，立即单击 快速访问工具栏 上的 撤消 按钮还原！

14-1-3　格式的替换

除了字符的替换外，格式的替换可以说是变换格式最有效率的方法，可以将查找的字符串做格式的更改；如果字符或段落有套用样式，可以快速的进行替换。

❶ 进入 查找和替换 对话框，在 查找内容 输入 "GOTOP"。

❷ 单击 替换为 框，将插入点移至其中。

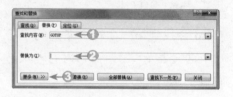

❸ 单击 更多(M)>> 按钮打开对话框。

❹ 单击 格式(O)· 按钮，从打开的列表中选择 字体 命令。

⑤ 设置格式。

⑥ 单击 确定 按钮。

⑦ 单击 全部替换(A) 按钮。

　● 此处不输入任何内容

　● 展现格式设置

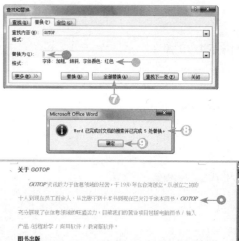

⑧ 出现完成替换的消息。

⑨ 单击 确定 按钮。

　○ 格式替换的结果

　如果文档中有套用样式，那么快速更改样式的方式就是使用 替换 命令！

① 目前画面中的段落套用了"段落 1"样式。

② 进入 查找和替换 对话框，先将 查找内容 中的内容删除。

　● 插入点仍在此框中

③ 单击 格式(O)▾ 按钮。

④ 从打开的列表中选择 样式 命令。

⑤ 在 查找样式 框中找到"段落 1"样式。

⑥ 单击 确定 按钮。

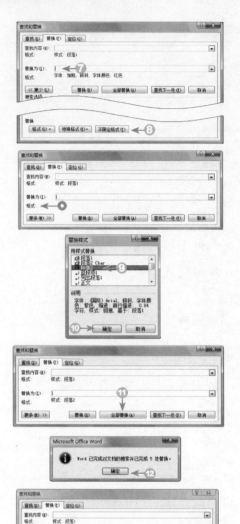

7 将插入点移至 替换为 框中。

8 单击 不限定格式(T) 按钮，将 替换为 的格式清除。

○ 格式被清除了

9 再重复步骤 3 ～ 6，在 用样式替换 列表中找到 "段落 2" 样式。

10 单击 确定 按钮。

11 单击 全部替换(A) 按钮。

12 出现完成替换的消息，单击 确定 按钮。

13 单击 关闭 按钮。

文档中所有套用 "段落 1" 样式的段落，都改为套用 "段落 2" 样式了！

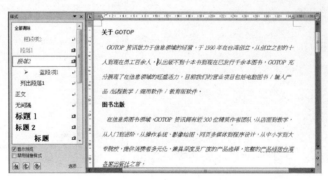

14-1-4　　删除功能

如果想将文档中不该出现的字符串全部删除，那么 替换 仍是最佳的工具，使用它最大的好处是，不怕删不干净！

① 进入 查找和替换 对话框中，在 查找内容 中输入要删除的字符串。

② 将 格式 清除 (单击 不限定格式(T) 按钮)。

③ 将 替换为 框中的字符串内容清除，包括格式。

④ 单击 全部替换(A) 按钮。

● 文中所有 "GOTOP" 字符串都删除了

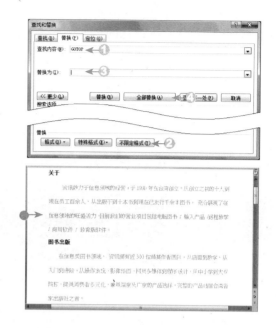

14-1-5 特殊字符的替换

空格、段落符号、定位符、分页符等我们将其视为 特殊字符，当要查找或替换这些 特殊字符 时，先选择 开始 > 段落 > 显示 / 隐藏编辑标记 命令，以便显示段落标记、定位符及其他非打印字符。

① 进入 查找和替换 对话框，插入点在 查找内容 框中。

② 清除内容后，按下 特殊格式(E)▼ 按钮。

③ 从列表中选择 空白区域。

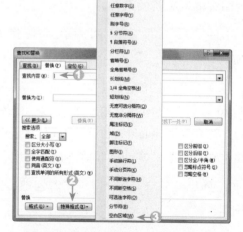

④ Word 会自动插入代表的符号。

⑤ 单击 全部替换(A) 按钮。

提示

"^w" 表示空白区域；"^p" 表示段落标记；"^m" 表示手动分页符；"^t" 表示定位符；"^c" 表示剪贴板内容。

14-1-6　英文文档的替换设置

查找和替换 对话框的 搜索选项 中有许多复选框，大都是针对英文文档的进一步条件设置：

◆ 区分大小写：Word 会根据输入查找文本的大小写形式。例如，输入文本为 "Server"，则 Word 只会找出 "Server"，而不包括 "SERVER" 和 "server"。

◆ 全字匹配：会查找整个单词，而非单词的局部。

◆ 使用通配符：会查找与 查找内容 中相同，但拼法不同的字。举例来说，在一份英文文档中查找某字，当不确定其拼写是否正确时，便可使用通配符 " ？"。例如寻 "fl??" 可找出 "flew" 或 "flat" 等字。也可使用 搜索运算符 或 表达式 来搜索，这是较复杂的搜索条件。运算符 是控制搜索的符号，例如：?、*、[]、{} 等，表达式 则为任何字符与指定图案的运算符的组合。

◆ 同音 (英文)：可查找或替换有相似拼音的字。例如：查找 "see" 也会找到 "sea"。

◆ 查找单词的所有形式 (英文)：Word 具有智能化的判断功能，例如在替换名词时，Word 会替换单词和复数字形变化；替换动词时，则会替换动词字根所有可能的时态。例如：当您以 "obtain" 替换 "get" 时，可同时用 "obtaining" 替换 "getting"。所选择的查找字和替换字，其词性和时态应该保持一致，以免 Word 找出意义混淆的单词。

◆ 区分前缀 / 区分后缀：若勾选，则英文单词中包含前缀或后缀，必须完全相符才会找到。

◆ 区分全 / 半角：Word 在查找时，会寻找完全符合全角 / 半角组合的文本，若未选择此复选框，则 Word 不会考虑全 / 半角的问题。

◆ 忽略标点符号 / 忽略空格：勾选时可略过查找范围中的标点符号或空白字符。

14-2 语言工具

Word 提供了一些和语言有关的实用工具，不管是要编辑中文书信 (简体或繁体版) 或是英文文档，要中译英、英译中、甚至中译日，在 Word 中都能轻易实现。

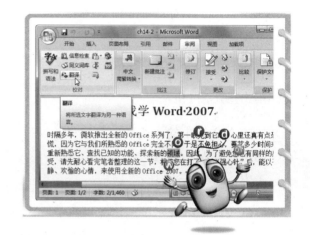

14-2-1 中文简体/繁体的转换

两岸书信的往返已日益平常，使用 简繁转换 的功能，替两岸的交流提供了更方便、更易沟通的渠道。任何文档，只要一个命令，就能轻易在简体与繁体之间转换。

1 打开文档，选择要转换的文本范围 (如果没有选择任何文本，将转换整份文档)。

2 单击 审阅 > 中文简繁转换 > 简转繁 命令。

● 选择范围立即转成繁体

3 若执行 简繁转换 命令，则出现 中文简繁转换 对话框，选择要转换的选项，默认为 简体中文转换为繁体中文。

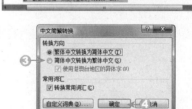

4 单击 确定 按钮。

● 选择的范围都改成简体字了

14-2-2 拼写检查

对经常写英文书信的读者来说，使用 Word 可以节省不少审阅的时间。Word 就像个人专属的"英文小老师"一样，可以指正拼写错误和语法用词。在默认的情况下，拼写检查是启动的，在输入单词的同时即执行 拼写检查，可以检查是否启动了此项功能。

1 单击 Office 按钮 > Word 选项(I) 按钮进入 Word 选项 对话框，切换到 校对 类别。

● 拼写检查及语法检查皆有勾选

2 单击 确定 按钮。

3 接着在文档中输入内容，一旦输入的单词有误，Word 会立即在该单词下方以"红色波浪线"标示。

● 红色波浪线表示单词可能拼错了

● 状态栏 上也会有校对错误的消息

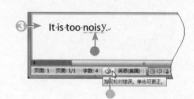

提示

所谓"拼写错误"，是指电脑中的字典没有该单词。若出现"绿色波浪线"表示语法有误。

4 单击 状态栏 上的 拼写检查 图标。

5 拼错的单词会反白显示，同时快捷菜单也会打开，并列出建议的单词。

6 从建议列表中选择正确的单词。

● 修正结果

● 状态栏 上不会再出现校对错误的消息

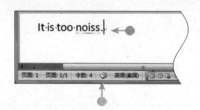

提示

如果单词并未拼错 (例如可能是某个公司名称的缩写)，此时可选择 忽略 或 全部忽略 命令；若不想每次输入该单词时都被视为错字，可选择 添加到词典 命令，这样下次再输入同样的单词时就不会出现拼错字的消息！如果经常犯同样的错误，可以将拼错的单词加入 自动更正 列表中，下次再错时，让 Word 自动更正，此部分请参考 14-3 节的说明。

14-2-3　翻译

翻译 功能可以很快地将选择的中文单词翻译成英文，或是将英文单词翻译成中文，比使用字典还方便，是阅读或撰写英文书信不可缺少的得力助手！

1 选择要翻译的字符串。

2 单击 审阅 > 校对 > 翻译 命令。

3 信息检索 任务窗格自动打开，搜索中会出现选择的字符串。

4 同时下方会显示翻译的结果。

● 拖动滑块看更多帮助

● 单击此按钮翻译整份文档

5 可再选择文档中的其他字符串。

6 右击，选择 翻译 > 翻译 命令。

7 同样可在 信息检索 任务窗格中显示翻译结果。

单击 翻译选项 命令，可进一步设置翻译的功能，例如是否使用在线字典、使用在线机器翻译，以及可用的语言组等。

若要翻译的字符串不在文档中，可单击 审阅 > 校对 > 翻译 命令，将任务窗格打开，在 搜索 中直接输入要翻译的单词，再从 翻译一个单词或句子 下拉列表选择所需的语言；从 翻译为 下拉列表选择要翻成哪种语言。

- 输入字符串
- 单击 开始搜索 按钮
- 中翻日的结果

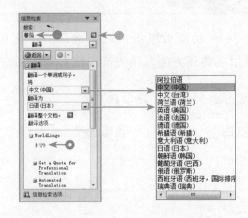

选择字符串后，按下 Alt 键再单击一次字符串，字符串便会出现在 搜索 框中；若要英译中，先选择英文字符串。

如果翻译的结果不是很理想，可以参考其他的建议，调整搜索方法，或到其他位置搜索。

- 到其他位置搜索

若想将整份文档内容都翻译，先将 搜索 中的字符串清除，在不选择任何内容的情况下，单击任务窗格中 翻译整个文档 右侧的 开始搜索 按钮。

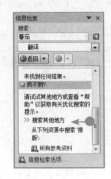

14-3 自动化的工具

Word 提供了许多自动化工具来解决重复使用内容的问题，不管是文本、图形或表格都适用，可以减少输入的时间。因此学会使用它们，可让工作事半功倍！

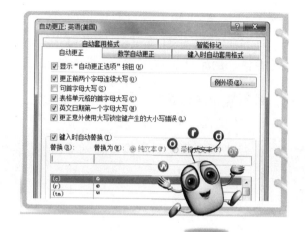

14-3-1 自动更正

自动更正 的功能，原先是为了更正英文文档中常犯的输入错误而设计的，不过实际运用的范围并不限于英文文档。Word 本身已内置了许多的自动更正项目，例如输入 "teh"，并加上空格后，Word 会自动更正为 "the"。也可以自己添加常用的文本或图形，并给予一个新的代号，让 Word 自动替换！

1 选择要保存为自动更正项目的文本或图形 (选择段落标记可包含段落格式设置)。

2 单击 Office 按钮 > **Word 选项(I)** 按钮，打开 Word 选项 对话框。

3 在 校对 类别中单击 **自动更正选项(A)...** 按钮。

④ 打开 自动更正 对话框，默认勾选
　键入时自动替换 复选框。

⑤ 在 替换 框中输入要自动更正的项
　目名称，最多 31 个字符且不可含
　空格，例如 "fem"。

　　● 若要保存内容但不保存原来的格
　　　式设置，单击 纯文本

　　● 若要保存原来的格式设置则单击
　　　带格式文本。

⑥ 单击 添加(A) 按钮。

⑦ 单击 关闭 按钮离开对话框。

⑧ 单击 确定 按钮离开 Word 选项 对
　话框。

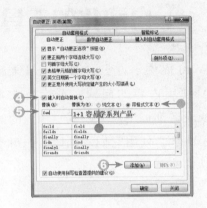

　　一旦创建完自动更正项目名称后，在文档中输入自动更正项目的名称且后面加一个空
格时，Word 便自动执行更正功能。

提示

　　如果经常打错某些字，也可将这些错字设置为自动更正项目，一旦又输入错
　误时可让 Word 自动更正。

　　除了自行设置的自动更正项目外，
Word 已内置有许多自动更正项目，这
些多是一般易犯的错误。另外，对于一
些特殊符号，Word 也包含进去了，可
查阅对话框中的列表。

　　在对话框上方有几个复选框，大都用来设置英文特定文本的自动替换：

◆ 显示"自动更正选项"按钮：这个按钮可以让自动更正功能更有弹性；当不想让 Word 自动更正输入的字符时，可以从 自动更正选项 按钮单击命令，来还原输入的内容。

- 输入"fme"按空格键
- 自动更正完出现蓝色小框
- 鼠标指到框上出现按钮
- 单击打开列表后选择改回或停止
  自动更正为命令
- 改回"fme"

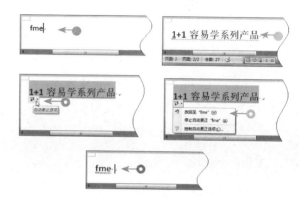

◆ 当输入字首两个大写字母时，会将第二个大写字母变为小写字母。

◆ 当输入句首第一个小写字母时，会将首字的第一个字母变为大写。

◆ 将输入到表格单元格的第一个字母设成大写。

◆ 若是以小写字母开头的日期名称，Word 会将其第一个字母变为大写。

◆ 在不慎按下了 Caps Lock 键时，Word 会将不正确的字母大小写转换回来，并关掉 Caps Lock 键的功能。

提示

> 若想关闭自动更正功能，只需取消勾选 键入时自动替换 复选框即可。

如果要更改自动更正项目的名称，可在 自动更正 对话框的列表中选择项目名称，单击 删除(D) 按钮，然后重新输入新名称后单击 添加(A) 按钮。

若要更改的是自动更正项目的内容，可在文档中先选择新的内容，然后进入对话框中选择 替换 框中的名称后，单击 替换(A) 按钮。

要删除不会再用到的自动更正项目时，在列表中选择项目后单击 删除(D) 按钮即可。

14-3-2 输入时自动套用格式

在编写文档大纲时，习惯上会替标题编号，如果希望在输入的过程中，让 Word 自动编号 (不是单击 编号 工具按钮)，那就必须启动 自动编号 的功能。除了自动编号外，Word 还提供了哪些自动化的格式设置呢？如果不想让 Word 替您执行自动化的操作，又该如何关闭这些设置呢？

1 打开 自动更正 对话框，并切换到
键入时自动套用格式 选项卡。

2 勾选需要的选项。

● 输入这些特殊字符串或符号时，
会被替换为指定的项目

● 这些复选框的勾选与否，是输入
数字或符号时，会不会出现编
号或列表的决定因素

3 单击 确定 按钮。

　　由以上可以知道，想要解除自动化的设置，就是取消勾选这些复选框。或是当画面出
现 自动更正选项 按钮时，从列表中单击取消作用的命令。

14-3-3　智能标记

　　当我们进行 粘贴 时，粘贴位置的右下角会出现 粘贴选项 按钮；文档中输入 URL 地
址和 e-mail 地址时，Word 也会自动辨识，而自动替字符串加上超链接，此时地址或地址
下方也会出现 自动更正选项 按钮，这些按钮我们通称为 智能标记。智能标记 可以辨识及
标记特定类型的数据以便执行一些操作，例如，新增名称至 Microsoft Outlook 联系人文件
夹，而省下打开其他程序进行相同操作的时间。

● 粘贴选项 按钮

● 自动更正选项 按钮

● 紫色虚线为 智能标记光标

● 移到文字上会出现 智能标记操
作按钮

● 单击打开列表，可选择要执行的
操作

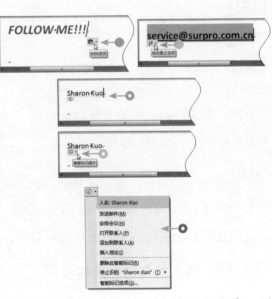

　　智能标记 的标示会一直显示在文档中，除非将其删除；它们也不会被打印出来。虽
然屏幕上看不到智能标示 (紫色虚线)，但不表示无法显示，只要将鼠标移到字符串上仍
会出现 智能标记操作 按钮。除非在 自动更正 的 智能标记 对话框中，取消勾选 显示 "智
能标记操作" 按钮 复选框，才不会出现。

- 取消勾选就不会出现 智能标记
  操作按钮
- 单击可上网下载更多智能标记

　　如果想获得更多的智能标记和操作，可以单击 其他智能标记(M)... 按钮上网查找并下载。

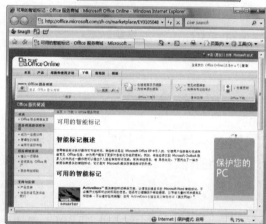

14-4 文档部件与构建基块

　　对于需重复用到的元件或信息，Word 2007 中有几种有效率的使用方式。文档部件 是一个能快速访问各种常用对象的集合 (部件库)；而 构建基块 是保存可重复使用的内容部件，功能类似旧版的 自动图文集。

14-4-1 插入文档部件

　　前面各章节中曾使用的 文本框库、水印库、封面库 等都属于 文档部件。除了内置的文档部件外，也可以将常用的文本或对象保存为文档部件，以便日后重复取用。由于部件属性的不同，可以从各 功能区 的 文档部件库 中插入文档部件，如果要插入个人的基本数据，像是地址、公司的商标、名称等，也可以从 文档部件库 来插入。

① 插入点置于要产生文档部件的位置。

② 单击 插入 > 文本 > 文档部件 命令。

③ 从打开的 文档部件库 列表中，指向 文档属性 命令并选择要使用的项目，例如：作者。

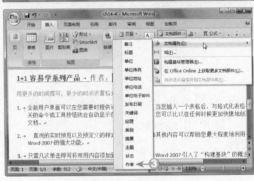

④ 插入点处产生 作者控件，其中已插入文档的作者。

● 作者控件

文档属性 中的各项数据，可以在单击 Office 按钮 > 准备 > 属性 命令后，打开 文档属性 面板输入相关字段的内容。

● 打开 文档属性 面板

单击 高级属性 命令可以打开 属性 对话框，进一步输入与文档有关的详细数据。

● 单击 高级属性 命令

● 摘要 选项卡

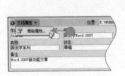

提示　控件 中的内容会与 属性 中的各字段数据联动，任何一方的修改都会立刻反应在另一方。

● 修改作者

● 控件 的内容也会同步更改

14-4-2 自定义文档部件

除了内置的文档部件外，也可以将经常在文档中使用的文本或对象，新增为文档部件。

1 选择要保存为文档部件的文本或图形。

2 单击 插入 > 文本 > 文档部件 > 将所选内容保存到文档部件库 命令。

3 出现 新建构建基块 对话框。

4 在 名称 栏中命名。

5 在 库 中选择该选择对象要属于哪一个库 (会出现在库中)。

● 库的种类

6 在 说明 栏输入此部件的简单描述。

● 可选择要保存的模板

7 默认的 选项 为 仅插入内容。

8 单击 确定 按钮。

● 打开文档部件列表可看到新增的项目位于 常规 类别

⑨ 重复上述步骤，继续新增所需的各
种文档部件。

● 新增一文本框文档部件

● 出现在 文本框库

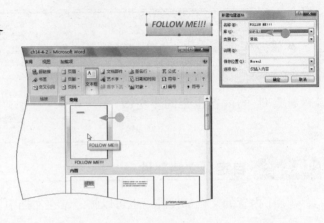

14-4-3　构建基块管理器

　　构建基块 是可以重复使用的内容部件，可随时访问。前面使用及自定义文档部件的
操作，就是构建基块的使用与创建方式。对于自定义的文档部件，通过 构建基块管理器
命令，可以进行插入、删除、更改等。

① 单击 插入 ＞ 文本 ＞ 文档部件 ＞ 构建
基块管理器 命令。

● 自定义的文档部件

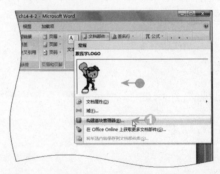

② 打开 构建基块管理器 对话框，从 构
建基块 列表中选择要编辑的项目。

③ 单击 编辑属性(E)... 按钮。

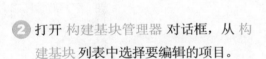

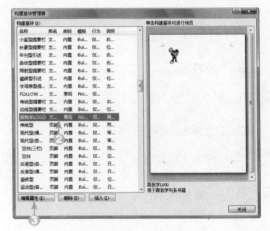

④ 打开 修改构建基块 对话框，可进
行修改。

⑤ 单击 删除(D) 按钮会出现确认消息。

　　● 选 是(Y) 即删除

⑥ 单击 插入(I) 按钮则将选择项目插入
文档中。

⑦ 单击 关闭 按钮离开。

提示

也可以打开任一部件库，在
部件上右击，选择 整理和删
除 命令，同样可进入 构建基
块管理器 对话框。

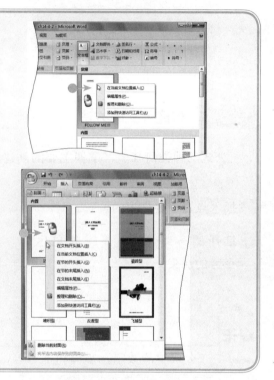

　　● 在 文本框库 上右击

　　● 在 封面库 上右击

如果要更换文档部件的内容，可重复自定义文档部件的步骤 1 ～ 4，输入相同名称，
在单击 确定 按钮时会出现重新定义的确认消息，单击 是(Y) 按钮即可。

　　● 换对象内容

　　● 输入相同名称

　　● 单击 是(Y) 按钮

14-5 产生公式

要在 Word 中产生各种数学公式，是一件很轻松的工作，不管是从简单的表达式、分数、开根号还是复杂的函数、微积分、对数，公式工具 都可以满足您的需求。

14-5-1 构建公式的方法

公式的种类何其多，掌握主要的创建原则，再怎么复杂的公式构造也难不倒您！

1 插入点置于要产生的位置。

2 选择 插入 > 符号 > 公式 功能区命令旁的箭头。

提示

公式中的数字、字母和括号等常见的字符，可以直接从键盘中输入。

3 打开 公式库，选择插入常见的数学公式。

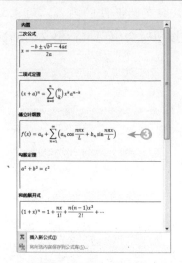

④ 公式会自动以 分组居中 的方式对齐。

- 公式控件
- 公式工具 选项卡会自动显示

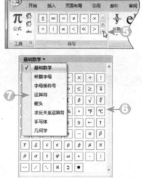

⑤ 单击 符号 功能区的 其他 按钮。

⑥ 打开 符号库，默认为 基本数学符号。

⑦ 单击标题栏的箭头打开列表，可切换到其他种类的符号库。

$$V(x) = a_0 + \sum_{n=1}^{\infty} \left(a_n \cos \frac{n\pi x}{L} + b_n \sin \frac{n\pi x}{L} \right)$$

- 希腊字母
- 运算符
- 几何学

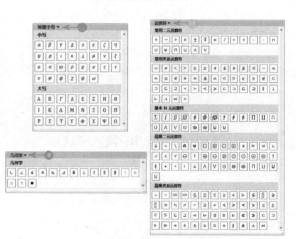

⑧ 结构 功能区中有各种公式的类型，单击各功能区命令可打开结构库。

- 有一些常用的默认项目可直接单击

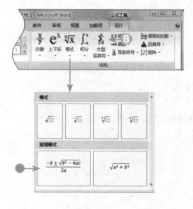

公式产生后，会以 控件 的形式存在，可再调整它的外观、对齐方式与格式，详细操作继续看下一节。

14-5-2　插入公式

大致了解公式的结构和符号种类后，本节我们就来插入所需的公式。

$$\lim_{\theta \to 0} \frac{F(\theta + \Delta\theta) - F(\theta)}{\Delta\theta} = F'(\theta)$$

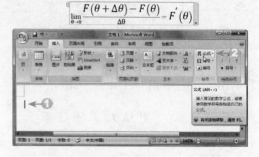

✄ 公式一

① 插入点置于要产生的位置。

② 选择 插入 > 符号 > 公式 命令。

③ 在水平居中的位置产生一个 公式控件。

- 可在其中创建公式内容

④ 接着单击 公式工具 > 设计 > 结构 > 极限和对数 命令，打开列表选择 极限 命令。

- 可产生公式控件

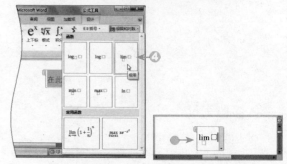

⑤ 单击 极限 "lim" 下方的输入区域，输入符号。

- 单击 基础数学 的 Theta变量
- 单击 基础数学 的 变量右箭头
- 输入 "0"

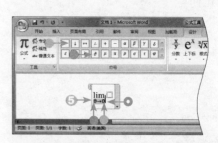

⑥ 单击 极限 右方的输入区域。

⑦ 再选择 结构 > 分数 > 分数 (竖式) 命令。

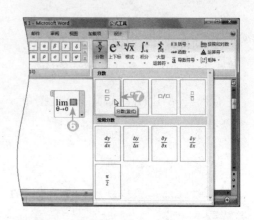

⑧ 先单击 分数 上方的输入区域 (分
子)，输入符号。

　● 基础数学 的 Theta 变量

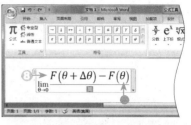

⑨ 再单击 分数 下方的输入区域 (分
母)，输入符号。

　● 基础数学 的 递增 符号

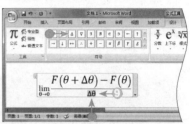

⑩ 插入点移到 分数 右侧。

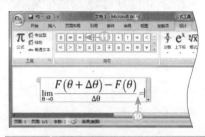

⑪ 再单击 等于 符号。

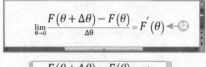

⑫ 继续输入字母及符号，完成公式。

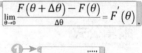

✂ 公式二

① 先在插入点位置产生公式控件。

② 输入字母与 等于 符号。

③ 插入 分数 (竖式)。

④ 在 分母 区域再单击 结构 > 根号 >
平方根 命令。

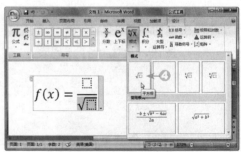

⑤ 在平方根输入区域输入符号。

　● 希腊字母 的 Pi

　● 希腊字母 的 Sigma

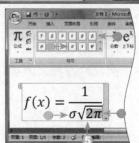

⑥ 插入点移到分数右侧选择 结构 > 上下标 命令，从列表中选择 常用的 上标和下标 中的 上下标。

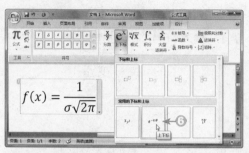

⑦ 选中上标内容，再单击 结构 > 分数 命令。

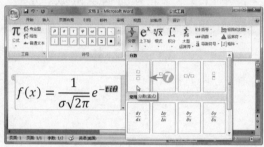

⑧ 分别在分子与分母输入栏中输入内容，完成公式。

● 希腊字母 的 Mu

● 分子和分母的内容皆以 上下标 的形式 产生

 提示

要在各输入区域间移动插入点，按方向键即可。

14-5-3 编辑公式

产生公式，软件会以最佳的查看模式来显示，以便您进行编辑，通常也会有默认的对齐方式 (分组居中) 和格式，您可以通过以下操作进行修改。

① 当公式在编辑状态时，右侧会出现 公式选项 按钮，单击可打开列表。

② 单击 两端对齐 命令可再打开列表，选择不同的对齐方式。

③ 选择 更改为 "内嵌" 命令，公式会调整比例以符合插入点的格式。

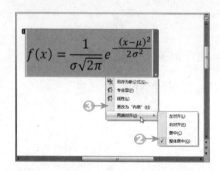

● 更改为内嵌的公式

● 可再以 更改为"显示" 命令切换

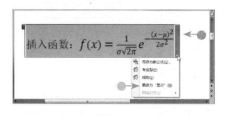

④ 选择 线型 命令，可以将公式转为
线型格式，方便编辑。

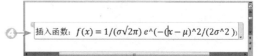

⑤ 单击 公式控件 左侧的选择按钮，
可选择整个公式，然后进行移动、
复制、删除或格式化。

● 格式化的结果

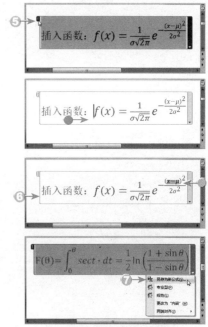

⑥ 公式内容若有错误，可单击后进行
编辑。
● 选择内容后进行修改

⑦ 如果该公式经常在其他文档中用
到，可单击 另存为新公式 命令，
将其存储为文档组件。

⑧ 可输入名称。

● 指定为 公式 库

⑨ 日后可从 插入 > 文本 > 公式库 中
选择并将其插入文档中。

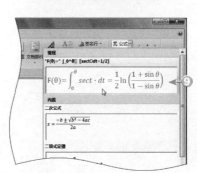